Rainer Wittkamp • Mit aller Macht

Rainer Wittkamp

MIT ALLER MACHT

Aus dem Nachlass herausgegeben
von Günther Butkus und Alexander Häusser

Mit einem Nachwort von Christian Adam

PENDRAGON

Prolog

Er konnte nicht ungeschehen machen, was er getan hatte. Niemand konnte ihm die Schuld nehmen. Aber hatte er sich denn überhaupt schuldig gemacht? War er nicht lediglich zum Opfer seiner Zeit geworden, war nicht sein ganzes Leben nur eine Aneinanderreihung von Zufällen gewesen? In seinem Kopf drehte sich ein Kreisel – immer dieselben Fragen, derselbe Zweifel. Jetzt galt es, eine Entscheidung zu treffen.

Peter Körber saß im verwaschenen Morgenmantel an seinem alten Wohnzimmertisch, der viel zu groß war für das Wochenendhäuschen. Hier in seiner Datscha hatte der ehemalige Hauptmann des Ministeriums für Staatssicherheit in den vergangenen fünf Jahren so etwas wie Ruhe gefunden. Bis zum heutigen Morgen. Bis es an der Tür geklopft hatte und der unerwartete Besuch gekommen war – der alte Weggefährte, der längst keiner mehr war.

»Peter, du musst noch einmal etwas für uns tun«, hatte er gesagt und sich an den Tisch gesetzt.

»Warum sollte ich dir helfen, Genosse?«

»Weil ich Informationen habe, die dein Leben verändern.«

Peter Körber blickte auf. Er hatte die Zeit vergessen und die einsetzende Dämmerung nicht bemerkt. Nur noch Dunkelheit umgab ihn. Er stand auf, schaltete das Licht an und ging in die Abstellkammer. Da lag der verschnürte Stapel Notizbücher. Ja, er hatte eine Entscheidung zu treffen, und mit einem Mal wusste er, dass die einzig richtige Antwort in diesen Aufzeichnungen stand – in den Tagebüchern seines Vaters, den er nicht gekannt hatte.

Teil 1
(1949-1967)

1

Die frühesten Erinnerungen hatte Peter an seine Tante Edith, Vaters jüngere Schwester. Bei ihr hatte sein Vater ihn als Dreijährigen nach den verheerenden Bombenangriffen auf Leipzig Ende 1943 untergebracht. Sie wohnte in Berlin-Schöneweide, war unverheiratet und arbeitete als Fernschreiberin in der Verwaltung von Siemens & Halske.

Im ersten Sommer nach Kriegsende wurde er eingeschult und wuchs als ganz normaler Junge auf. Zwar ohne Vater, aber viele seiner Spielgefährten hatten ihre Väter auf den Schlachtfeldern verloren.

Seinen neunten Geburtstag feierten Tante Edith und Peter nicht wie üblich zu zweit, denn es gab eine Überraschung – ein Gast hatte sich angekündigt.

»Er ist ein sehr netter Mann, Peter. Du wirst ihn mögen. Und vielleicht ... vielleicht hat er sogar ein Geschenk für dich!«

»Wirklich? Glaubst du?«

»Warte es ab«, sagte Tante Edith geheimnisvoll.

Ein Geschenk von einem Unbekannten ...

Edith hatte einen Napfkuchen gebacken. Einen Gugelhupf mit ganz vielen Rosinen und drei Zentiliter Kirschwasser, das sie in einem Schanklokal an der Wuhlheide aufgetrieben hatte.

Punkt 15 Uhr klingelte es. Tante Edith eilte zur Tür, um zu öffnen. Kurz darauf kam sie mit einem hageren Mann zurück, der sein linkes Bein ein wenig nachzog. Tante Edith strahlte, als sie ihn ihrem Neffen vorstellte.

»Peter, das ist Paul Körber ... Herr Körber, mein Neffe Peter.«

Die zwei schauten sich an, musterten sich eine ganze Weile, dann lächelten sie.

»Lieber Peter, es ist mir eine große Ehre, dass ich bei deiner Geburtstagsfeier dabei sein darf.«

Peter gab ihm die Hand und machte eine tiefe Verbeugung.

Paul Körber griff nach seiner Schulter, richtete ihn energisch auf.

»Peter! Du darfst dich vor niemandem verbeugen. Vor keinem Menschen. Nie im Leben. Verstehst du mich?«

Der Neunjährige nickte verwirrt.

»Dann ist es gut«, sagte Körber. »Herzlichen Glückwunsch zum Geburtstag, Peter. Ich habe ...«

Tante Edith unterbrach ihn. »Wir trinken erst einmal einen Kakao und essen Gugelhupf. Setzt euch bitte hin, meine Herren.«

Paul Körber und Peter nahmen Platz.

»Wie haltet ihr Wernickes es denn? Gibt es bei euch zum Geburtstag noch so was wie Geschenke? Oder verzichtet ihr auf diesen bourgeoisen Unsinn?«

Gespielt empört zog Tante Edith die Kakaokanne zurück. »Solche schlimmen Worte dulde ich nicht in meiner Wohnung, Herr Körber!«

»Umso besser, dann bin ich hier ja richtig.«

Umständlich zog er ein verpacktes Geschenk aus seiner abgewetzten Ledertasche hervor, legte es außerhalb Peters Reichweite auf den Tisch und zwinkerte Tante Edith zu.

Sie lächelte, nahm ihr eigenes Geschenk vom Buffetschrank und gab es ihrem Neffen mit einem zärtlichen Kuss. »Na los, aufmachen ...«

Peter öffnete das Paket seiner Tante und war sprachlos. Darin war ein Karton der Firma Schuco mit einem Spielzeugmotorrad aus Blech, auf dem ein behelmter Rennfahrer saß. Auf dem Rücken trug er die Startnummer 3. Aber das Tollste, das Verrückteste war, dass das Motorrad von alleine im Kreis fuhr, wenn man es mit einem Federschlüssel aufzog.

Peter strahlte über das ganze Gesicht. »Vielen Dank, Tante Edith!«

»Ich habe es in der amerikanischen Besatzungszone besorgt. War ganz schön schwierig.«

Paul Körber zog die Brauen hoch, doch Edith lächelte ihn entwaffnend an.

Daraufhin lächelte er zurück und schob dem Jungen sein Geschenk zu. »Auch von mir alles Gute zu deinem neunten Geburtstag!«

Peter nahm das Päckchen und öffnete es. Es war ein Buch mit einem farbigen Umschlag – *Huckleberry Finns Fahrten und Abenteuer* von Mark Twain. Versonnen blätterte der Junge das Buch durch. Es enthielt im Inneren viele bunte Zeichnungen.

»Vielen Dank, Herr Körber«, sagte Peter.

Paul Körber war gelernter Drucker, fünf Jahre älter als Edith, hatte ein Holzbein und war erst wenige Monate zuvor aus der mexikanischen Emigration in die Sowjetische Besatzungszone gekommen. Er war Kommunist, ehemaliger Angehöriger der Internationalen Brigaden und hatte im Spanischen Bürgerkrieg im Thälmann-Bataillon gekämpft.

Wie Edith sehnte sich Paul nach ein bisschen Glück. Zwei Menschen, die zwangsläufig zueinander finden mussten. Edith störte sich nicht an seinem fehlenden Unterschenkel, Paul sich nicht am Sohn ihres Bruders.

Am nächsten Tag zog Paul Körber als Untermieter bei Edith Wernicke ein. Exakt zwei Monate später, am 7. Oktober 1949, wurde die Deutsche Demokratische Republik gegründet. Ein Aufbruch zu neuen, besseren Zeiten, wie Paul beim Abendbrot Edith und Peter versicherte.

Auch sonst gab es Veränderungen. Denn Paul wechselte von seiner kalten Schlafstätte im Zwischenflur schon bald unter Ediths warmes Plumeau.

Am 1. März 1950 heirateten Edith und Paul. Anschließend adoptierten sie Peter und er erhielt offiziell den Namen Körber. Der Name seines leiblichen Vaters wurde von da an nie mehr erwähnt.

Sogleich nach Gründung der DDR war Paul zum Direktor der Zentralen Druckerei-, Einkaufs- und Revisionsgesellschaft ernannt worden.

Von seiner Zeit während des Spanischen Bürgerkrieges sprach Paul nie, wich Peters Fragen aus. Nur ein einziges Mal, nach dem Tod seines Kampfgefährten Juan Santos, mit dem er bei der Internationalen Brigade gekämpft hatte, erzählte er Peter davon. Da war sein Adoptivsohn allerdings schon dreizehn Jahre alt.

Peter war nachts wach geworden und hatte in der Küche noch Licht brennen sehen. Paul Körber saß allein am Küchentisch vor einer Flasche Wodka, das Gesicht tränennass.

»Was hast du, Papa?«, fragte Peter erschrocken und setzte sich zu ihm.

»Juan ... mein bester Freund ... mein einziger«, antwortete er mit schwerer Zunge. »Er ist gestern in Biarritz gestorben.«

»Wo ist das?«

»In Frankreich, kurz vor der spanischen Grenze. Juan wollte uns demnächst in Berlin besuchen. Dich und Mama kennenlernen. Als wir uns das letzte Mal gesehen haben, da warst du noch nicht einmal geboren.«

Paul griff nach dem Wodka und goss sich nach.

»Juan und ich ... uns verbindet etwas ... etwas Schreckliches. Etwas, das beinahe unser Leben zerstört hätte.«

»Was denn, Papa?«

»Wir waren damals aufrechte Kommunisten, grundehrliche Kämpfer, denen es nur um die Sache ging. Trotzdem standen wir in Spanien im Bürgerkrieg unter ständiger Überwachung. Nicht durch Francos faschistischen Geheimdienst, sondern durch die eigenen Genossen.«

In dieser Nacht hörte Peter von seinem Adoptivvater andere Töne.

»Über jeden von uns gab es in Moskau eine persönliche Akte. Im Archiv der Komintern. Alle Spanienkämpfer waren dort erfasst. Auch Juan und ich.«

»Warum haben sie das denn gemacht?«

»Das weiß ich nicht. Sie wollten eben alles wissen, die

hohen Genossen in Moskau. Aber der Schlimmste war der Politkommissar, den sie uns nach Spanien geschickt haben. Ein Bluthund namens André Marty.«

Peter hatte den Namen noch nie gehört, er klang in seinen Ohren aber irgendwie französisch. Oder doch eher spanisch?

»Marty war ein Kommunist aus Nordkatalonien. Einer der einflussreichsten Funktionäre der Komintern. Leider hatte er die Wahnvorstellung, dass unsere Interbrigaden durch faschistische Spione infiltriert worden waren. Marty sah es als seine Aufgabe an, diese Verschwörer aufzuspüren und zu liquidieren.«

Paul erzählte seinem Stiefsohn von dem, was er und Juan in Spanien während des Bürgerkrieges erlebt hatten, und der Junge hörte gebannt zu. Obwohl die beiden unschuldig waren, gerieten sie schon bald in Martys Fokus. Was sie aber nicht sonderlich ernst nahmen als die aufrichtigen Genossen, als die sie sich sahen.

Im Frühjahr 1937 bekamen die beiden den Auftrag, zwei anarchistische Freiwillige, die in der Schlacht von Jarama angeblich vor dem Feind feige zurückgewichen waren, zur Haft nach Alcala de Henares zu überstellen. Eine unangenehme Aufgabe, die Paul und Juan aber schließlich akzeptierten.

Am Zielort angekommen, mussten sie feststellen, dass es sich um kein normales Gefängnis handelte. Es war eine Abteilung, in der eine sowjetische Geheimsektion Hinrichtungen vornahm. Paul und sein Freund waren bestürzt, sie gaben André Marty ihr Entsetzen mit deutlichen Worten zu verstehen. Der Politkommissar begann, sie als Abweichler zu beschimpfen, setzte die Zwei unter Druck und drohte ihnen ebenfalls den Tod an. Paul und Juan konnten ihre Haut nur dadurch retten, dass sie sich *freiwillig* als Schützen für die Hinrichtung meldeten.

Im Morgengrauen des nächsten Tages wurde der erste Anarchist in den Hof geführt und an einen Pfahl gebunden. Das Erschießungskommando hob die Gewehre, drückte ab, der Mann sackte tot zusammen. Fünf Minuten später wiederholte sich das Ganze mit dem zweiten Anarchisten. Auch dieser starb unter der mörderischen Gewehrsalve.

Paul war erschüttert, doch er flüsterte Juan zu, dass ihre Waffen statt mit scharfer Munition vermutlich nur mit Platzpatronen geladen worden waren. Das sei üblich, um das Gewissen der Schützen zu erleichtern. Damit sie nicht sicher sein konnten, wer von ihnen den tödlichen Schuss abgegeben hatte.

Da hörten die zwei Freunde hinter sich zynisches Gelächter; Marty hatte ihre Unterhaltung mitbekommen. Bei jedem Durchgang habe es nur zwei scharfe Patronen gegeben, erklärte er, und die hätten beide Male in ihren Gewehren gesteckt.

»Das war einer der schlimmsten Momente in meinem Leben«, sagte Paul zu seinem Adoptivsohn. Dann beschwor er den Jungen, all das Erzählte für sich zu behalten und niemandem davon zu berichten. Selbst seiner Mutter Edith nicht. Paul streckte die Hand aus und Peter schlug ein.

Über diese Nacht hatten sie nie wieder gesprochen. Jahre später kam es Peter vor, als hätte er das alles nur geträumt.

Seine Eltern waren bestrebt, Peter eine möglichst gute Erziehung zukommen zu lassen. Als verdientem Spanienkämpfer standen Paul Körber etliche Privilegien zu, die er aber nicht allzu häufig in Anspruch nahm. Nur in Fragen der Bildung wich er davon ab. Peter wurde in jeder Hinsicht gefördert. Egal, ob es sich dabei um seine wissenschaftliche, musische, sportliche oder politisch-weltanschauliche Ausbildung handelte.

Mit der Zeit wurde sein Adoptivvater jedoch etwas nachgiebiger und schließlich konnte ihn Edith überreden, seinen Einfluss geltend zu machen, um von der engen Wohnung in Berlin-Schöneweide in die Mitte der Stadt zu ziehen. Im Frühjahr 1955 erhielten die Körbers eine großzügig geschnittene Wohnung in einem der beiden neu errichteten Turmhäuser am Strausberger Platz. Im *Haus des Kindes,* auf der rechten Seite der Stalinallee.

Endlich hatte Peter ein eigenes Zimmer. Und er ging jetzt auf die Immanuel-Kant-Oberschule in Lichtenberg. Natürlich waren seine Tage mit Lernen und Arbeit gefüllt. Aber das ging den Kindern der anderen sozialistischen Führungskader genauso. Peter leitete mehrere schulische Arbeitsgemeinschaften und war in der Freien Deutschen Jugend aktiv.

Das Hören von Westsendern war den Schülern strengstens verboten. Peters Klassenkamerad Bruno besaß aber bereits 1957 ein Transistorradio, das sein Vater, ein führender Ökonom bei der Kammer für Außenhandel, von einer Japanreise mitgebracht hatte. Zu einem Zeitpunkt, da man in der Republik solch komplizierte Wundergeräte noch nicht herzustellen vermochte.

Irgendwann hörte Peter auf dem Schulhof, dass sich eine Gruppe Mitschüler jeden Samstag im südlichen Teil des Volksparks Friedrichshain traf. Sie hatten ihren festen Treffpunkt hinter der Freilichtbühne, hörten dort heimlich *Club 18,* eine Jazz-Sendung für junge Leute vom RIAS Berlin, dem verhasstesten aller Westberliner Feindsender im Amerikanischen Sektor.

Sein Banknachbar Grischa Benthien war schon ein paarmal dabei gewesen und ziemlich begeistert. Er wollte ihn überreden, mitzukommen. Doch obwohl er sein bester Freund war, zögerte Peter.

»Das ist verboten, Grischa. Was ist, wenn uns die Volkspolizei schnappt?«

»Die sind da nie. Außerdem legt John Hendrik am Samstag immer die allerneueste Jazzplatte aus Amerika auf. Letzte Woche hat er *A Blowin' Session* von Johnny Griffin gespielt. Kannst du dir das vorstellen? Ich glaube nicht. So was hast du nämlich noch nie gehört!«

Das war ein Argument, dem Peter erlag.

Am nächsten Samstag spielte John Hendrik im RIAS allerdings nicht Johnny Griffin, sondern die neueste Langspielplatte von Thelonious Monk, *Brilliant Corners.* Nicht nur die Musik war für Peter verwirrend, sondern auch das japanische Transistorradio, aus dem sie erklang.

Es war ziemlich klein, aus grün-weißem Kunststoff, batteriebetrieben und besaß, wie Bruno ihm kundig erklärte, fünf Transistoren. Auf der Vorderseite hatte es eine kleine schwarze Skala, die von der Schriftzeile *Transistorized* gekrönt wurde.

Transistorized … Ein Wort, das Peter noch jahrzehntelang ohne nachzudenken buchstabieren konnte.

»Ihr Schweinehunde! Was macht ihr da?«

Zwei Volkspolizisten ließen ihre Fahrräder fallen und stürmten auf die Schüler zu.

Bruno versuchte, das Transistorradio unter seiner Jacke zu verstecken, doch einer der Polizisten riss es ihm aus der Hand.

»Westsender hören … Lumpenpack!«

Die Jungen gerieten in Panik und stoben in alle Richtungen davon wie wildgewordene Hühner, denen ein Marder die Kehle durchbeißen will. Niemand von ihnen dachte an Bruno, den die Polizisten in der Mangel hatten.

»Du bleibst hier, Saukerl!«

Peter und Grischa rannten durch den Volkspark bis zum östlichen Ende. Vorbei an einer Brigade Forstarbeiter, die junge Birken an der Hauptallee pflanzten, vorbei an angeregt plaudernden Spaziergängern, vorbei am Mont Klamott, wo sich die Liebespaare in der Dämmerung zum Knutschen trafen, immer weiter in Richtung Ausgang, so schnell sie konnten.

Endlich standen die beiden auf der Dimitroffstraße und hielten sich keuchend die schmerzenden Seiten.

»Scheiße«, sagte Grischa.

»Und Bruno?«

»Sag ich doch: Scheiße.«

Sie schauten sich an, waren aber beide zu feige, um zur Freilichtbühne zurückzulaufen.

»Der entkommt den Polizisten schon.«

»Glaubst du?«

»Klar. Bruno ist ausgefuchst.«

Aber Bruno war nicht ausgefuchst genug, um am nächsten Montag zum Unterrichtsbeginn in der Klasse antreten zu können. Bruno kam überhaupt nicht mehr in die Immanuel-Kant-Oberschule.

Warum? Darüber sprach man in der Lehranstalt nicht. Und erneut war Peter feige. Zu feige, um seine Lehrer darauf anzusprechen.

Neun Monate später hatte er die Angelegenheit bereits vergessen, als ein Mitschüler einen Brief aus Italien unter den Schulbänken kreisen ließ. Mit einer aufgeklebten Fotografie. In Farbe.

Das Bild zeigte den Schiefen Turm von Pisa, der sich gefährlich schräg nach rechts bog. Neben dem Turm stand Bruno. Und bog sich zur anderen Seite, ganz weit nach links, als würde er den Turm stützen, der ohne seine Hilfe jeden Moment umzukippen drohte.

Bruno grinste über das ganze Gesicht. Unter Italiens greller Sonne. Als wollte er seine ehemaligen Klassenkameraden von der Immanuel-Kant-Oberschule auslachen, die alle feststeckten im doofen, ollen Ostberlin. Peter war überzeugt, dass Bruno das auch beabsichtigt hatte – seine alten Schulfreunde auszulachen.

Egal, Peter ignorierte Brunos Spott, schob ihn in die hinterste Ecke seines Gehirns, zu den unangenehmen Erinnerungen, die schon da waren und zu denen noch etliche andere kommen sollten.

2

Grischas Vater Edgar war ebenfalls ein leitender Genosse und arbeitete im Ministerium für Kultur. Er und Paul kannten und mochten sich. Deshalb sahen sie es gern, wenn ihre Söhne die Freizeit miteinander verbrachten.

Da der Genosse Edgar Benthien im Kulturministerium Vorsitzender der Abnahmekommission war, die alle ausländischen Filme auf ihre sozialistische Tauglichkeit überprüfte und festlegte, ob sie eventuell für die Bürger der Republik in Frage kamen, konnte Grischa immer wieder Streifen sehen, die aus verschiedenen Gründen niemals auf die heimischen Kinoleinwände gelangten. Hin und wieder schaffte Grischa es, Peter mit in den dunklen Vorführraum hineinzuschmuggeln, wo sie sich in die letzte Reihe setzten und atemlos das Geschehen auf der Projektionswand verfolgten. Welche unglaublichen Filme er dort gesehen hatte. Kein Bürger der Republik würde das Peter jemals glauben.

Im Januar 1959 waren Grischa und Peter allerdings unvorsichtig und ein übereifriger Genosse schnappte die beiden, als sie sich gerade in den Vorführraum schleichen wollten.

»Moment mal, Jungs ...«

Der Mann brachte die Schüler zur Leiterin der Bildervorführeinheit und erwartete wohl, dass man die jugendlichen Missetäter bestrafen würde. Doch die Genossin Pleißner, die Grischas Vater seit Jahren kannte, sprang ihnen bei.

»Das ist doch ein Film unserer polnischen Genossen, Kurt. Der wird schon korrekt sein. Den können sich die beiden ruhig anschauen.«

»Wenn du meinst, Genossin Pleißner ...«

»Ja, ja, da bin ich sicher ...«

Erlöst nahmen Grischa und Peter in der letzten Reihe Platz. Und bekamen die nächsten anderthalb Stunden den Mund nicht mehr zu. Auf der Leinwand erschien eine Naturgewalt. Ein Schauspieler, wie sie ihn zuvor noch nie gesehen hatten – Zbigniew Cybulski, der den polnischen Partisan Maciek Chełmicki spielte. Der Film hieß *Asche und Diamant* und endete tragisch, als der Partisan von Milizsoldaten angeschossen wurde und auf einer Müllhalde elend krepierte.

Cybulskis Erscheinung, sein Spiel, alles an ihm war für Peter und Grischa eine Offenbarung. Den ganzen Film über trug Maciek eine dunkle Sonnenbrille, durch die er undurchschaubar und unheimlich lässig wirkte. Und dazu kam, dass er auch noch eine Liebesnacht mit einer Bardame hatte. Dieser Maciek verkörperte alles, was sie selbst einmal sein wollten.

Doch *Asche und Diamant* wurde von der Abnahmekommission einstimmig abgelehnt, da die Konzeption des Films keinen positiven Klassenstandpunkt erkennen ließe.

Zwei Wochen nachdem sie *Asche und Diamant* bestaunt hatten, schauten Peter und Grischa in einem Kino am Kurfürstendamm einen Film mit dem amerikanischen »Zbigniew Cybulski«. Der Streifen hieß ... *denn sie wissen nicht, was sie tun* und die Hauptrolle verkörperte ein Schauspieler namens James Dean. Aber Peter konnte mit der Geschichte um den halbstarken Jim Stark, der gegen seine Eltern und die Gesellschaft rebelliert und sich mit dem Anführer einer Bande Gleichaltriger anlegt, nichts anfangen. Die Mutprobe der beiden, in schnellen Autos einer Klippe entgegenzufahren und möglichst spät aus den Wagen zu springen, erschien Peter völlig sinnlos. Mut beweisen wofür? Wo waren denn die Ideale, für die es sich zu kämpfen lohnte?

»Und Cybulski ist auch der bessere Schauspieler«, sagte Peter schließlich.

»Aber die Bilder sind beeindruckend«, meinte Grischa nur.

Die Abiturfeier des Jahrgangs 1959 an der Immanuel-Kant-Oberschule war fast schon pompös gestaltet worden. Man hatte die komplette Aula bestuhlt, links und rechts der Bühne standen riesengroße Gestecke mit Nelken, Flieder und Gerbera, an der Rückwand prangte mannshoch das Ernst-Thälmann-Ehrenbanner des Zentralrates der FDJ.

Die meisten Väter trugen das SED-Parteiabzeichen an den Revers ihrer dunklen Anzüge, die Mütter festliche Kleider und man sah ihnen an, dass sie am Vormittag noch alle beim Friseur gewesen waren.

Es wurden zahlreiche Reden gehalten, zunächst vom Schuldirektor, dann von Mitgliedern des Lehrkörpers, vom Sekretär der FDJ-Grundorganisationsleitung, von zwei Vertretern der Patenbrigade bis hin zum Lichtenberger Bürgermeister.

Paul Körber und Edgar Benthien hatten sich herzlich begrüßt und waren ein paar Schritte beiseite gegangen, während Peter und Grischa sich mit ihren Müttern in die zweite Reihe setzten. Die beiden Männer redeten eine Weile miteinander.

Dann klopften sie sich einvernehmlich auf die Schultern und nahmen bei ihren Familien Platz, um die Freude ihrer Söhne hautnah mitzuerleben.

Bevor die Reifezeugnisse übergeben wurden, spielte ein Kammerorchester die *Festouvertüre 1948* des Komponisten Ottmar Gerster. Ein Werk von höchster sozialistischer Qualität, wie der Schuldirektor einleitend sagte. »Diese Tonschöpfung vollzieht musikalisch den Übergang vom feudalistischen System zur kapitalistischen Gesellschaft nach, um schließlich in einer Hymne auf den kommenden Sozialismus auszuklingen.«

Peter fand die Ouvertüre ziemlich langweilig. Mittelmaß. Der Komponist hatte viel zu viele der Arbeiterlieder abgekupfert, die Peter bei der FDJ immer und immer wieder hatte singen müssen. Er sehnte sich nach Thelonious Monks kühnen Klängen aus dem japanischen Transistorradio.

»Den gleichen Schund hat er schon unter den Faschisten komponiert«, flüsterte Paul Körber seinem Stiefsohn zu. »Wenn man so einen Mist überhaupt als Komponieren bezeichnen kann. Hitler persönlich hat die Drecksau auf seine Gottbegnadeten-Liste gehievt. Und jetzt macht dieser Verbrecher bei uns weiter, als wäre nichts gewesen.«

Endlich wurden die Zeugnisse überreicht. Peter gehörte zu den Klassenersten, bekam nach Grischa das zweitbeste Abiturzeugnis. In Staatsbürgerkunde, Russisch, Französisch und Einführung in die sozialistische Produktion erhielt Peter die Note sehr gut. In Betragen, Ordnung und Fleiß bekam er gut. Ihm stand jetzt also die Welt offen.

Fragte sich nur, was Peter in ihr machen sollte.

Nach der Feier luden Paul und Edith ihren Sohn in ein bulgarisches Spezialitätenrestaurant ein. Bei feurigen Schaschlikspießen und einer Flasche Rosenthaler Kadarka kamen sie auf seine Zukunft zu sprechen.

»Was für Pläne hast du denn nun?«, fragte Paul Körber. »Wie stellst du dir deine Zukunft vor?«

Edith legte ihrem Mann die Hand auf den Arm. »Lass den Jungen doch erst einmal sagen, was er sich wünscht … Also, Peter, was möchtest du?«

»Noch ein Schaschlik wäre toll.«

»Sicher, selbstverständlich«, schmunzelte Paul Körber. »Kriegst du. Deine Mutter und ich wollen aber eigentlich wissen, welche Fächer du studieren möchtest.«

»Na ja, ich habe in Russisch und Französisch eine Eins … Vielleicht könnte ich … irgendwas mit Sprachen machen … Dolmetscher oder so.«

Paul und Edith tauschten einen Blick aus und schwiegen, da der Ober gerade nachschenkte.

»Keine schlechte Idee, aber du könntest ruhig etwas ehrgeiziger sein«, sagte der Stiefvater. »Wie Grischa zum Beispiel.«

»Wieso? Der weiß doch auch nicht, was er machen soll.«

»Da hat mir sein Vater aber etwas anderes gesagt.«

»Was denn?«

»Grischa wird im Herbst ein Studium in Babelsberg beginnen, an der Deutschen Akademie für Staats- und Rechtswissenschaft. Wir fragen uns, ob das nicht auch etwas für dich sein könnte, Peter.«

»Als Absolvent der DASR bist du für alle Leitungspositionen hervorragend ausgebildet«, ergänzte Edith. »Jede staatliche Stelle wird dich mit Kusshand nehmen. Im ganzen Land braucht man dringend neue Leitungskräfte für den Aufbau des Sozialismus. Stimmt doch, Paul, oder?«

»Selbstverständlich, Edith, selbstverständlich.«

Der Ober servierte Peter den zweiten Schaschlikspieß.

»Wenn du dort erfolgreich abschließt, gehörst du automatisch zur kommenden Nomenklatur unserer Republik.«

»Im Ernst?«, fragte Peter kauend.

»Ja, glaub mir. Die Akademie ist die beste Ausbildungsstätte für Nachwuchskader. Deine Generation wird schon in wenigen Jahren im Land die Verantwortung übernehmen. Überleg es dir also gut.«

»Und Grischa geht da auch hin?«

»Er wurde gestern von den maßgeblichen Stellen für ein Studium vorgeschlagen. Das Gleiche könnten deine Mutter und ich auch für dich in die Wege leiten. Es liegt allein an dir.«

»Du müsstest natürlich von Montag bis Freitag in Potsdam im Internat wohnen und könntest nur am Wochenende nach Berlin kommen«, sagte Edith. »Aber mit Grischa zusammen würdest du das schon überstehen.«

»Also ... wenn ihr beide der Meinung seid, dass ich in Babelsberg studieren soll, dann wird es schon richtig sein.«

»Dann bist du einverstanden?«, fragte Edith.

»Unter einer Bedingung ...«

»Und die wäre?«

»Ich wünsche mir ein *Sternchen*.«

»Ich verstehe nicht ganz«, sagte Paul.

»Das ist ein kleines tragbares Transistorradio von *Stern*. Ist ganz neu. Im Radio haben sie darüber berichtet.«

»Daran soll es nicht scheitern«, sagte Edith erleichtert. »Paul mit seinen guten Kontakten schafft das schon.«

Die Deutsche Akademie für Staats- und Rechtswissenschaft lag am äußersten Rand von Babelsberg, direkt an der Grenze zu Westberlin. Von seinem Zimmer im zweiten Stock des Internats hätte Peter mit ein bisschen Glück glatt zum Klassenfeind hinüberspucken können.

Er teilte sich den Raum mit seinem Freund Grischa. Das Zimmer verfügte über zwei Betten, zwei Spinde, zwei Stühle, zwei schmale Arbeitstische. Der Waschraum lag am Ende des Ganges, gegessen wurde in einem Speisesaal im Erdgeschoss.

Hatte ihre Zeit auf der Immanuel-Kant-Oberschule mit zahlreichen staatstragenden Reden geendet, so begann sie in Babelsberg ziemlich ähnlich. Professor Herbert Keuchel, der Leiter der Akademie, hatte die neuen Studenten in einem nicht enden wollenden Vortrag über die Grundsätze und Ziele der Akademie aufgeklärt: Sie seien keine normalen Studenten der Jurisprudenz, sondern würden in Babelsberg zuallererst zum richtigen Denken erzogen.

»Wie es Walter Ulbricht, der Erste Sekretär des Zentralkomitees, wiederholt erklärt hat, müssen die Juristen der Deutschen Demokratischen Republik begreifen, dass ihr Staat und das von ihm geschaffene Recht zuvorderst dazu dienen, die Politik der Partei und der Regierung durchzusetzen. Diesem Ziel können aber nur politisch zuverlässige Juristen dienen. Im Lehrplan Ihrer ersten beiden Semester wird deshalb die Vermittlung der marxistisch-leninistischen Theorie eine zentrale Rolle einnehmen.«

Peter und Grischa sahen sich mit Lehrstoff konfrontiert, den sie bereits aus zahlreichen Unterweisungen in der Schule, bei der FDJ und natürlich auch aus ihren Elternhäusern kannten. Trotzdem verhielten sie sich diszipliniert, waren immer perfekt vorbereitet und gehörten schon bald zu den besten Studenten an der DASR.

Die Studentenschaft war gemischt. Männer und Frauen, Abiturienten und Absolventen der Arbeiter- und Bauern-Fakultäten. Allerdings hatte man die freizügigen Zugangsmöglichkeiten der Gründerjahre aufgegeben, in denen Arbeiter und werktätige Bauern dank einer Sonderprüfung ohne den Nachweis der Hochschulreife zugelassen worden waren. Auch saßen in den Hörsälen neben den Abiturienten Mitarbeiter des Staatsapparates, die ihren geforderten

Abschluss nachholen sollten. Die moralischen Anforderungen waren streng und es wurde vom Lehrkörper stets darauf geachtet, dass die männlichen und weiblichen Studenten keine sexuellen Beziehungen unterhielten.

»Hast du schon mal mit einer Frau geschlafen, Peter?«, fragte Grischa, als die Freunde nach der Sperrstunde in ihrem dunklen Zimmer lagen.

Peter zögerte mit der Antwort, dann rang er sich zur Wahrheit durch: »Nein. Und du?«

»Ich auch nicht.«

»Es wird langsam Zeit …«

»Denke ich auch. Aber hier … keine Chance.«

»Uns bleiben ja die Wochenenden in Berlin.«

»Zum Glück.«

Und die gemeinsamen Samstagabende waren für die beiden Freunde in den nächsten drei Jahren der wöchentliche Höhepunkt. Peter und Grischa trafen sich am späten Nachmittag in der Wohnung der Körbers, um in der nahe gelegenen Milchbar in der Stalinallee das abendliche Vergnügen zu starten. Es war ein idealer Treffpunkt, um mit Mädchen anzubandeln.

Aber richtig perfekt war für Peter und Grischa ein Wochenende erst dann, wenn sie in einem Kulturhaus oder sonst wo eines der seltenen Jazzkonzerte besuchen konnten. Zumeist waren es inoffizielle Sessions von Bigband-Musikern, Mitgliedern des *Orchester Eberhard Weise*, des *Rundfunk-Tanzorchester Leipzig* oder der *Dresdner Tanzsinfoniker*.

Viel zu selten traten Jazzmusiker aus den benachbarten sozialistischen Bruderstaaten auf, die den heimischen

Jazzern klar überlegen waren und den Sound der großen amerikanischen Musiker in die Hauptstadt der Deutschen Demokratischen Republik brachten. Es waren großartige Konzerte, doch am Sonntagabend ging es für die beiden Freunde zurück nach Potsdam. Zu Marx, Engels, Lenin und den anderen Klassikern.

Nachdem die zwei Freunde alle Lehrveranstaltungen und Prüfungen in Marxismus-Leninismus absolviert hatten, wurden die Vorlesungen endlich anspruchsvoller und entsprachen erstmals den Erwartungen, die sie an ein Hochschulstudium hatten.
Während Grischa sich auf die Rechtssysteme im nichtsozialistischen Ausland konzentrierte, war Peter vor allem an kniffeligen rechtlichen Problemen auf dem Gebiet der DDR interessiert.
Als einer von lediglich vier handverlesenen Kommilitonen wurde Peter zu dem Seminar »Strafrechtspolitik als Korrektiv der sozialistischen Gesellschaft« zugelassen. Zu seinem Erstaunen musste jeder der Studenten zu Beginn eine Erklärung unterschreiben, dass sie über das in dem Seminar Gehörte absolutes Stillschweigen bewahren würden. Sollten sie dagegen verstoßen, würde dies nicht nur unmittelbar die Relegation nach sich ziehen, sondern auch weitere Restriktionen unterschiedlichster Art.
Peters Interesse war geweckt und er unterschrieb.

Das Seminar wurde nicht von einer Lehrkraft der Akademie geleitet, sondern von Heinz Oechselhauer, einem promovierten Juristen und Mitarbeiter des Ministeriums für Staatssicherheit. Der Dozent bat die vier Studenten in einen abgelegenen Seminarraum, schloss sorgfältig die Tür ab, ließ die Rollladen halb herunter und setzte sich an ein Schreibpult.

Dann eröffnete er den Studenten, dass seine Lehrveranstaltung die Todesstrafe in der Deutschen Demokratischen Republik unter rechtlichen und wissenschaftlichen Aspekten erörtern werde. Peter und seine Kommilitonen waren überrascht. Keiner von ihnen hatte vermutet, dass ihr Staat regelmäßig Menschen zum Tode verurteilte und diese Urteile auch vollstreckte.

Oechselhauer erläuterte ihnen, dass in der DDR die Todesstrafe für Mord, Hochverrat, Völkermord, Sabotage, Kriegsverbrechen, Spionage und Terrorismus verhängt werde. Aus Gründen der Staatsräson unterließ es die Parteiführung aber, die Vollstreckungen öffentlich zu verkünden. Selbstverständlich würden aber sämtliche Todesurteile auch dem Politbüro der SED vorgelegt und vom Vorsitzenden des Staatsrats, Walter Ulbricht, persönlich gegengezeichnet.

»Die Todesstrafe dient der Sicherung und somit dem dauerhaften Schutz unseres souveränen sozialistischen Staates. Also der Erhaltung des Friedens und des Lebens der Bürger. Deshalb trägt sie einen zutiefst humanistischen Charakter«, sagte Oechselhauer und blickte in die Runde. »Irgendwelche Unklarheiten, Genossen Studenten?«

Peter hielt die Hand hoch.

»Es leuchtet mir ein, dass die Todesstrafe äußerst menschlichen Zielen dient«, sagte er. »Aber wieso muss unsere politische Führung dann die Vollstreckungen geheimhalten?«

»Eine sehr gute Frage, Genosse Körber. Das kann Ihnen sicher unser Gast beantworten, der uns in der dritten Stunde besuchen wird«, Heinz Oechselhauer sah auf seine Uhr und lächelte. »Ein kurze Pause. Dann sehen wir uns hier wieder. Und bitte seien Sie alle pünktlich.«

Als Peter und seine Kommilitonen zurückkamen, stand Dozent Oechselhauer mit einem kleinen, untersetzten Mann vor seinem Schreibpult. Der Unbekannte hatte ein fleischiges Gesicht, die dunklen Haare waren kurz geschnitten und an den Schläfen geschoren, unter der kräftigen Nase prangte ein schütteres Oberlippenbärtchen. Er trug einen Anzug aus schwarzem Baumwolltwill sowie eine dunkle Krawatte. Nur das Parteiabzeichen der SED hellte seine ansonsten etwas düstere Erscheinung auf.

Der Dozent wandte sich den Studenten zu.

»Bitte begrüßen Sie den Minister für Staatssicherheit, unseren Genossen Erich Mielke, ein hervorragender Internationalist und großer Freund der Akademie.«

Die vier Kommilitonen standen auf und begrüßten den Besucher mit Handschlag.

»Nehmt wieder Platz.« Mielke winkte ab. »Also, ich soll euch heute was zu unserem Kampf gegen die Kräfte der Reaktion erzählen, wie mir der Genosse Oechselhauer gesagt hat. Und warum die Todesstrafe dabei ein unverzichtbares Mittel ist. Na, das mach ich doch gern.«

Der Minister für Staatssicherheit setzte sich an das

Schreibpult, sodass Dozent Oechselhauer auf einer der Schulbänke Platz nehmen musste.

»Also mal gleich Klartext: Wir brauchen die Todesstrafe, um die Nazis und Kriegsverbrecher zu bestrafen, solange jedenfalls, bis in unserer Republik eine stabile Lage herrscht. Obwohl wir bei der Beseitigung des braunen Gesindels bereits große Fortschritte gemacht haben, wird es noch einige Zeit dauern, bis der Sieg unser ist.«

»Was denken Sie, wie lange das sein wird, Genosse Minister?«, fragte Peter.

»Erst einmal müssen wir alle Verbrecher und Banditen hinter Schloss und Riegel gebracht haben, müssen alle unsere Feinde ausgemerzt sein. Zwei, drei Jahre ganz bestimmt. Aber wir werden unser Ziel erreichen. Verlasst euch darauf.«

»Schließlich ist das Ministerium für Staatssicherheit Schild und Schwert der Partei«, ergänzte Oechselhauer. »Wir wissen, was wir tun. Und denkt dran: In unserer sozialistischen Gesellschaft braucht keiner zum Straftäter zu werden. Wer dennoch Verbrechen begeht, muss von der Gemeinschaft rigoros bestraft werden. Und da nehmen wir die eigenen Genossen nicht aus.«

»Mit Verrätern aus den eigenen Reihen, Abweichlern und westlichem Lumpenpack gehört kurzer Prozess gemacht!«, brüllte Mielke.

»Selbstverständlich, Genosse Minister. Das wollte ich …«

»Und zwar ganz, ganz kurzer Prozess«, unterbrach ihn Mielke. »Und ich sage das, weil ich Humanist bin. Ja, Humanist, Genossen! Das heißt für mich, besser einen Schurken zu viel zu eliminieren, als dass dieser womöglich später Tausende von Menschen ins Verderben stürzt. Nein, nein, nein! All das Geschwafel von wegen ›Die Todesstrafe ist inhuman‹, das ist alles Kokolores, totaler Quatsch. Genossen Studenten, den Abschaum müssen wir hinrichten, heute, sofort, ohne ellenlange Gerichtsverhandlungen.«

»Sie bringen es auf den Punkt, Genosse Minister«, nickte Heinz Oechselhauer, doch Mielke ignorierte ihn.

»Die Partei erwartet von Ihnen, dass Sie diesen Standpunkt zu 100 Prozent teilen, Genossen Studenten.« Der Minister hob die Stimme an, sichtlich erregt von den eigenen Worten. »Nicht nur teilen, sondern leben … verkörpern. Ja, Sie sollen diesen Standpunkt mit Ihrer Person verkörpern! Das sind Sie der Partei schuldig. Alles, was Sie heute schon sind und welche Stellung Sie zukünftig einnehmen werden, ist allein der Verdienst der Partei, ist Ausdruck der unüberwindlichen Kraft des Marxismus-Leninismus, der Stärke der Arbeiterklasse, des Kampfes der Menschheit gegen Ausbeutung und Unterdrückung.« Mielke hielt inne, schnappte nach Luft und lockerte seine Krawatte. »Wenn die gewaltige Kraft des Marxismus-Leninismus einmal einen Menschen erfasst hat, dann lässt sie ihn nicht mehr los. Wenn er ein guter Mensch ist und ein tapferes Herz hat, dann wird er bereit sein, für diese große Sache in den Tod zu gehen. Und er wird auch keinen Augenblick zögern, den Abschaum und das Gesindel dem gerechten Todesurteil zu unterwerfen, Genossen Studenten. Punkt. Mehr gibt es dazu nicht zu sagen.«

Einen Moment lang herrschte Schweigen, dann erhob

sich Heinz Oechselhauer. »Wunderbare Worte. Hat noch jemand von Ihnen eine Frage an den Genossen Minister?«

»Wenn ich darf …?«, Peter hob die Hand. »Peter Körber, viertes Semester. Ich finde Ihr Eintreten für die Todesstrafe ausgesprochen überzeugend, Genosse Minister. Wer sich gegen unsere Republik, ihre sozialistische Ordnung, unsere Schutz- und Sicherheitsorgane stellt und wer sogar bereit ist, seine Klassen- und Waffenbrüder zu verraten, darf sich nicht wundern, wenn ihn die ganze Härte unserer freiheitlich-sozialistischen Gesetze trifft. Der darf sich nicht wundern, wenn er wie eine Schmeißfliege zertreten wird.«

»Sie sind ein helles Köpfchen, Genosse Körber. Hör ich da den Berliner?«

Peter nickte.

»Aus dem Wedding vielleicht?«

»Ein Teil der Familie, ja.«

»Habe ich es doch geahnt …« Mielke zeigte ein breites, warmherziges Lächeln. »Da kommen die besten Genossen her. Die allerbesten.«

»Danke, Genosse Minister.«

»Dann fragen Sie mal …«

»Warum können wir nicht laut und deutlich sagen, und zwar so, dass es jeder in der Republik hören kann, dass wir gar nicht anders können, als die übelsten Straftäter hinzurichten? Dass es ein logischer Schritt ist, wenn wir dem Sozialismus zum endgültigen Sieg verhelfen wollen?«

»Sie sprechen mir aus der Seele, mein junger Genosse. Aber manche Kader befürchten eben, dass der Klassenfeind es sofort gegen uns verwenden würde. Das ist jedenfalls die

Meinung einiger führender Genossen in unserer Republik. Die ich jedoch nicht teile.« Der Minister holte ein zerknittertes Tütchen Veilchenpastillen aus seiner Jackentasche und steckte sich ein Kügelchen in den Mund. »Die internationale Anerkennung des ersten deutschen Arbeiter- und Bauernstaates ist mir erst mal schnurzpiepegal. Mir geht es um Sicherheit. In den vergangenen Jahren hat mein Ministerium Hunderte Agenten und Spione festgenommen, Feinde unserer Partei und der Arbeiterklasse. Jeder hätte einen Kopf kürzer gemacht werden müssen. Und wissen Sie auch, warum?«

»Aus Gründen der Abschreckung möglicherweise?«, sagte Peter.

»Ganz genau. Dann wüssten diese heruntergekommenen Elemente, dieser Abschaum nämlich, was sie erwartet, wenn sie unseren Staat zersetzen wollen. Dass die Rübe runterkommt, ruckzuck. Hinrichten ist meine Devise, wenn nötig auch ohne Gerichtsurteil.«

Peter überlegte, ob er sich noch weiter vorwagen sollte. Dann beschloss er, volles Risiko zu gehen. »Und wieso kommen diese Führungskader dann auf solch eine Idee?«

»Soll ich ehrlich sein, Genosse Körber?«

»Ich bitte darum, Genosse Mielke.«

»Diese sogenannten Genossen wollen unsere Feinde erst einmal aufspüren, dann in aller Ruhe studieren, sich eine Meinung bilden, um sie dann irgendwann im optimalen Moment zu verhaften. Aber der kommt nie, der Moment. Denn der Feind ist nicht blöd. Im Gegenteil. Er ist verdammt schlau und vor allem ist er schnell. Bis diese feinen Genossen sich zum Handeln entschieden haben, ist er längst über alle Berge. Und was schließen wir daraus, mein junger Freund?«

»Nicht lange fackeln, rechtzeitig zuschlagen«, antwortete Peter.

»Das ist die richtige Haltung. Damit werden Sie es in unserer Republik noch weit bringen. Zumindest solange alte Kämpfer und Genossen wie ich noch ein gewichtiges Wörtchen mitzureden haben.«

Peter grinste Erich Mielke an.

Verschwörerisch, fast wie zu seinesgleichen.

Und der Genosse Minister grinste ebenso konspirativ zurück.

3

Obwohl sie die besten Freunde waren, keinerlei Geheimnisse voreinander hatten und sich in allen Dingen zutiefst vertrauten, entschied sich Peter, Grischa nichts von dem Seminar über die Todesstrafe in ihrer Republik zu erzählen. Schließlich hatte er eine Erklärung unterschrieben, absolutes Stillschweigen zu bewahren.

Zwar fühlte er sich Grischa gegenüber nicht daran gebunden, aber Peter hatte Angst vor den möglichen Folgen. Eine Relegation von der Akademie würde das sichere Aus für eine ordentliche Existenz in der Republik bedeuten. Dann müsste er sich irgendwo in einem VEB bewähren.

Trotzdem ließ Peter das Seminar keine Ruhe und er erwähnte deshalb den Namen Erich Mielke in einem anderen Zusammenhang bei Grischa. Und im Gegensatz zu ihm wusste sein Freund sofort, wer das war.

»Erich Mielke, klar … Mein Vater kennt ihn aus Moskau. Sie haben beide an der Internationalen Lenin-Schule studiert. Etwa 1934 … 1935 … Jedenfalls war das vor dem Spanischen Bürgerkrieg.«

»Sind sie befreundet?«

»Mielke hat keine Freunde. Der kennt nur die Partei. Die Partei und den SV Dynamo. Mein Vater hält ihn zwar für einen hervorragenden Tschekisten, aber auch für äußerst verschlagen.«

»Ich fand ihn eigentlich ganz sympathisch.«

»Im Ernst? Es heißt, er würde hin und wieder beim Ministerium für Staatssicherheit persönlich die Verhöre leiten. Dabei soll er die Gefangenen extrem rüde zusammenschreien. ›Ich hack dir den Kopf ab, du Lump‹, und so Zeug. Warum interessiert er dich eigentlich?«

»Genosse Mielke war letzte Woche in der Akademie und wir haben kurz miteinander gesprochen. Seine Familie kommt auch aus dem Wedding. Das ist alles.«

»Roter Wedding grüßt euch Genossen …!«, sang Grischa, grinste dann breit. »Da gratuliere ich doch …«

Im Frühjahr 1961 waren Peter und Grischa neben ihrem Studium vor allem mit Reisevorbereitungen beschäftigt. Sie wollten in den Semesterferien nach Bulgarien fahren. Eine Woche im Schwarzen Meer baden, zwölf Tage durch das Pirin- und Rilagebirge wandern.

Doch der Plan der Freunde ließ sich schwieriger verwirklichen als erwartet. Wochenlang mussten Peter und Grischa bei den zuständigen Behörden vorstellig werden, Unterlagen vorlegen, über alle Aspekte ihrer geplanten Reise ausführlich berichten. Immer wieder wurden neue Belege und Bescheinigungen verlangt, als wollte man die beiden mit aller Macht von ihrem Vorhaben abbringen.

Erst nachdem sie die notwendigen Unterlagen, die polizeilichen Führungszeugnisse, die Leumundszeugnisse ihrer FDJ-Organisationen sowie die Einwilligung des Leiters der Deutschen Akademie für Staats- und Rechtswissenschaft eingereicht hatten, bekamen sie die Bewilligung.

Als sich die beiden Freunde am 11. August 1961 in der zuständigen Reisestelle einfanden, um ihre Visa abzuholen, teilte man ihnen mit, dass eine Stunde zuvor ein Telegramm ihrer Hochschule eingetroffen sei. In dem widerrief Professor Herbert Keuchel die Reiseeinwilligung für die DASR-Studenten Peter Körber und Grischa Benthien.

Verärgert beschlossen die beiden, sofort nach Potsdam zu fahren und den Akademieleiter zur Rede zu stellen. Es konnte sich schließlich nur um ein Versehen handeln.

Als sie am späten Freitagnachmittag in der DASR eintrafen, mussten sie eine Stunde im Wandelgang vor Professor Keuchels Diensträumen ausharren, ehe sie zu ihm vorgelassen wurden.

Der Akademieleiter entschuldigte sich wortreich, dass er sie so lange habe warten lassen. Und noch mehr dafür, dass er so kurzfristig seine Unterstützung für ihre Bulgarienreise abgesagt habe, ohne sie wenigstens vorher zu informieren. Er persönlich würde das sehr bedauern.

»Lassen Sie mich ein offenes Wort reden, Genossen. Vor ein paar Tagen hat das ZK republikweit alle Parteiorganisationen an den Hochschulen mobilisiert. Auch die DASR wurde alarmiert, ohne dass uns genau gesagt wurde, was geschehen wird. Heute früh um halb neun kam dann die Order erhöhter Einsatzbereitschaft. Für den gesamten Lehrkörper und die Studentenschaft.«

»Wir haben doch Semesterferien«, sagte Peter.

»Trotzdem sind noch einige Professoren da. Und auch ein paar der Studenten. Sie zwei zum Beispiel.«

»Warum? Es muss doch einen bestimmten Grund geben«, sagte Grischa.

»Ich weiß es im Moment nicht, aber ich bin auf alles vorbereitet.«

Professor Keuchel erhob sich, wanderte durch sein riesiges Büro, überlegte erneut. Dann ging ein Ruck durch seinen Körper.

Er blickte einen Moment in die Runde, bevor er fortfuhr: »Genosse Benthien, Genosse Körber, verlassen Sie heute auf gar keinen Fall mehr das Hochschulgelände.«

»Selbstverständlich, Genosse Professor.«

»Gut. Morgen früh wissen wir alle mehr.«

Es wurde ein ziemlich langweiliger Abend. An einem normalen Freitagabend wären Peter und Grischa in die *Koralle* gegangen und hätten eine Lokalrunde auf ihre anstehende Bulgarienreise geschmissen. Aber jetzt …

»Meinst du, es klappt noch mit unserer Reise, Peter?«

»Hängt davon ab, was morgen ist.«

»Was könnte denn wohl passieren?«

»Jedenfalls etwas ziemlich Wichtiges. Hat dein Vater denn nichts angedeutet?«

»Nein. Nichts«, sagte Grischa.

»Meiner auch nicht.«

»Vielleicht ist das Ganze ja auch nur eine Sicherheitsübung. Um zu testen, ob die Angehörigen der Nationalen Volksarmee, der Kampfgruppen und der Volkspolizei wachsam sind.«

»Genosse Keuchel schien mir jedenfalls hellwach«, sagte Peter lachend.

»Und er verfügt über genügend Sitzfleisch.«

»Unbedingt. Der behält seinen Posten. Wenigstens so lange, bis der Sozialismus in unserer Republik vollendet ist.«

»Und wann ist es so weit?«, fragte Grischa

»Wahrscheinlich 1965«, antwortete Peter. »Hast du etwa nicht die Protokolle vom fünften Parteitag der SED gelesen?«

»Ich schlage mich immer noch mit denen vom vierten herum.«

»Kein Wunder, dass man dich nicht nach Bulgarien reisen lassen wollte.«

Über dem Wandelgang vor Professor Keuchels Diensträumen lag eine Dunstglocke von abgestandenem Zigarettenrauch. Offenbar hatte hier in der vergangenen Nacht eine stundenlange Sitzung stattgefunden.

Peter und Grischa beschleunigten ihre Schritte, um rechtzeitig da zu sein, wenn die Mensa um sieben Uhr öffnete. Denn nur dann gab es dort eine einigermaßen zufriedenstellende Auswahl an Brotbelägen.

Als sie kurz darauf an der Essensausgabe standen, saßen bereits zahlreiche übernächtigte Lehrkräfte und ein gutes Dutzend Kommilitonen aus den oberen Semestern an den Tischen und frühstückten. Alle aßen schweigend und die Stimmung hatte etwas Düsteres. Als würde man gleich gemeinsam zu einer Beerdigung aufbrechen.

Kurz vor halb acht betrat Professor Herbert Keuchel in Begleitung des DASR-Verwaltungsleiters Richard Simchen und des Akademie-Parteisekretärs Hugo Roßmann die Mensa. Alle drei trugen die Felddienstuniform der Kampfgruppen und hatten sich Maschinenpistolen umgehängt.

Die drei Männer gingen zur Stirnseite des Saales und schoben mehrere Tische zusammen, quer zu den anderen, sodass eine Art von Parteitagssituation entstand – auf einmal waren die Frühstückenden keine übernächtigten Akademieangehörigen mehr, sondern hellwache Delegierte.

Keuchel, Simchen und Roßmann setzten sich und legten ihre Waffen vor sich auf die Tische. Mit entschlossenem Blick starrten sie in den Saal. Es wurde noch stiller, als es ohnehin schon war.

Der Akademieleiter erhob sich. »Genossen, die Stunde ist gekommen, in der es für unsere Republik um alles oder nichts geht. Was ich Ihnen jetzt sage, ist noch bis Mitternacht ein absolutes Staatsgeheimnis. Im Namen der Regierung der Deutschen Demokratischen Republik teile ich

Ihnen mit, dass an der Westberliner Grenze eine Neuordnung eingeführt werden wird. Rings um Westberlin, einschließlich seiner Grenze mit dem demokratischen Berlin, wird so endlich eine wirksame Kontrolle und verlässliche Bewachung gewährleistet sein.«

Niemand im Saal aß mehr, alle starrten Keuchel fassungslos an.

»Ab sofort gilt auf dem Akademiegelände der Verteidigungszustand«, sagte Keuchel. »Haben mich alle verstanden?«

Roßmann stand auf, reichte Keuchel die Hand. »Genosse Keuchel, wir werden alle an deiner Seite stehen. An deiner Seite, an der unseres Genossen Walter Ulbricht und an der jedes aufrichtigen Parteimitglieds.«

Die Anwesenden begannen zu klatschen, erst langsam, dann heftiger, stürmischer, immer lauter, bis es zu einem Orkan der Begeisterung anstieg.

Auch Peter und Grischa waren überwältigt, gaben sich ihren Gefühlen hin und klatschten wie verrückt. Bulgarien konnte warten.

Die Zeit bis zum Abend verbrachten die Angehörigen der DASR damit, alles für den großen Einsatz vorzubereiten. Exakt um 00:01 Uhr würde man am Sonntag mit der Grenzsicherung beginnen. Die Oberleitung der Aktion hatte der Operativstab inne, der aus Herbert Keuchel, Hugo Roßmann, Grischa Benthien und Peter Körber bestand. Zuerst würde man das Akademiegelände sichern. Die entscheidende Stelle war die östliche Flanke, die über eine Länge von etwa anderthalb Kilometer die direkte Grenze zu Westberlin bildete.

Die am Einsatz beteiligten Genossen waren geradezu euphorisch, sogar die parteilosen Kollegen ergingen sich in Lobpreisungen auf die politische Weitsicht der Partei- und Staatsführung.

»Das hätten wir schon vor drei Jahren machen sollen.«
»Genau, das war längst überfällig.«

Der Operativstab erarbeitete unterdessen gemeinsam mit Verwaltungsleiter Simchen einen Punktekatalog an Maßnahmen, die ab dem 13. August 1961 für das DASR-Gelände umzusetzen waren.

Um 23:30 Uhr trafen sich die Teilnehmer der grenzsichernden Maßnahme in der Mensa. Akademieleiter Herbert Keuchel hielt eine kurze, kämpferische Ansprache und führte dann die in Sechsertrupps eingeteilten Genossen zur Rückseite des Hauptgebäudes.

Am Nachmittag waren dort Dutzende Ballen mit Stacheldraht angeliefert worden. Peter und Grischa liefen die Gruppen ab und teilten sie nach dem Plan des Operativstabs auf die jeweiligen zu sichernden Abschnitte der Ostflanke ein. Dann warteten sie noch weitere neun Minuten, in denen der Akademieleiter ständig auf seine Uhr guckte, bis er schließlich um Punkt Mitternacht nickte und den Daumen hochstreckte.

Die Trupps griffen sich ihre Stacheldrahtballen und liefen lautlos zu der wenige Meter entfernt in der Dunkelheit liegenden Grenze.

Als man sich sieben Stunden später erneut zum Frühstück in der Mensa traf, hatten alle Lehrkräfte und Studenten zerschnittene Gesichter, zerkratzte Hände, große und kleine Risse in ihrer Kleidung. Aber sie waren glücklich, verspürten ein fast schon kubanisch anmutendes Revolutionsgefühl.

Der Akademieleiter erhob noch einmal seine Stimme: »Genossen! Jeder von ihnen hat einen entscheidenden Beitrag dazu geleistet, dass unsere Republik jetzt sicherer ist. Die Errichtung des antifaschistischen Schutzwalls ist ein grandioser Erfolg der Arbeiterklasse. Sie können wahrhaftig stolz auf sich sein.« Alle applaudierten, auch Grischa und Peter. Doch während sie noch Beifall klatschten, drehte Grischa seinen Kopf zu ihm und sagte: »Es werden sicher einige von der Uni fliegen.«

Peter sah ihn irritiert an.

»Wer gegen die Grenzsicherung war – als Disziplinarmaßnahme, meine ich.«

»Ich denke, wer dagegen ist, die Republik zu schützen, der kann von ihr auch nichts anderes erwarten.«

»Nein, kann er wohl nicht«, sagte Grischa.

Das Jahr 1962 verlief für Peter und Grischa ohne allzu große Aufregung. Von Montag bis Freitag wurde studiert, während das eigentliche Leben am Wochenende in der Hauptstadt stattfand. Peter meinte, die Abschottung zum Westen sei auch für den Jazz gut. Es gab vermehrt Konzerte interessanter Jazzmusiker aus der Republik und das musikalische Niveau stieg an.

»Jetzt müssen sie sich auf ihre eigenen Stärken besinnen«, sagte er zu Grischa.

Aber wenn im Club *Auster* die neuesten Werke amerikanischer Jazzgrößen gespielt wurden, war er begeistert, und Grischa musste an das Kino am Kurfürstendamm denken, an die Bilder aus einer anderen Welt.

»Wie kommt der Objektleiter eigentlich an diese Platten ran?«

Mehrfach hatte man von einem von Studenten organisierten westöstlichen Plattenhandel gehört, das auf der Transitautobahn an ausgemachten Orten regelmäßig Schallplattenpakete platzierte. Doch Peter wollte es gar nicht so genau wissen.

Der Club *Auster* lag in einem Hinterhof in der Schwedter Straße und öffnete erst um 22:30 Uhr die Pforten. Neben Jazz wurde aktuelle Tanzmusik gespielt. Das Publikum war gemischt, wobei Künstlervolk die Mehrheit stellte. Malereistudenten von der Akademie, Schauspielschüler, angehende Schriftsteller, DEFA-Leute. Auch normale Studenten waren regelmäßig zu Gast und vergnügten sich auf der Tanzfläche.

Im Herbst 1962 besuchte eine junge Frau wiederholt die *Auster*. Vom ersten Moment an war Peter fasziniert und erzählte Grischa sogleich davon. Aber sie war immer in wechselnder männlicher Begleitung. Peter gelang es nicht, sie anzusprechen. Im Dezember kam sie dann plötzlich nicht mehr.

Peter hatte die unbekannte Schöne schon fast vergessen, als sie im März 1963 in Begleitung seines Freundes Grischa wieder in der *Auster* erschien.

»Peter, darf ich dir Dora Grau vorstellen? Sie ist ein ebenso großer Jazzfan wie wir beide.«

»Freut mich sehr. Peter Körber. Grischa und ich sind Kommilitonen.«

»Und die allerbesten Freunde. Das ist ja wohl wichtiger.«

»Stimmt«, sagte Peter. »Was möchten Sie trinken, Dora?«

»Eine Kubanische Sultanetta wäre schön.«

»Sofort. Für dich ein Bier, Grischa?«

Sein Freund nickte und Peter kämpfte sich zur Theke durch.

Als er mit den Getränken zurückkam, saß Dora alleine an einem der kleinen Tische. Grischa bewegte sich auf der Tanzfläche mit einer rothaarigen Dame. Ob er seinem Freund bewusst den Weg freigemacht hatte? Peter vermutete es und war dankbar. Er setzte sich und reichte der jungen Frau ihr Glas.

»Danke«, sagte Dora und nahm einen Schluck.

»Ich habe Sie im Herbst öfter hier gesehen und fand es sehr schade, dass Sie auf einmal nicht mehr gekommen sind.«

Dora lächelte. »Ihr Freund hat so etwas angedeutet …«

»Da hat er die Wahrheit gesagt«, sagte Peter. »Ich habe mich schon gefragt, ob ich Sie jemals wiedersehen würde.«

»Na, dann haben Sie ja jetzt eine Antwort.«

Dora lachte und Peter stimmte ein. Das Eis war gebrochen.

Die junge Frau begann, von sich zu erzählen, und Peter hing an ihren Lippen. Sie war gebürtige Berlinerin, Jahrgang 1941, in Lichtenberg aufgewachsen. Ihr Vater arbeitete als Chirurg an der Charité, die Mutter leitete einen Kindergarten in Pankow. Sie selbst hatte eine Ausbildung als Modegestalterin an der Fachschule für Bekleidung abgeschlossen. Seit einem halben Jahr arbeitete sie beim Modeinstitut Berlin.

»Jetzt verstehe ich, warum Sie immer so schön angezogen sind«, sagte Peter.

»Danke. Letzten Monat haben sie mich sogar in den Kleidern unserer neuen Kollektion fotografiert. Die Bilder erscheinen in der übernächsten Ausgabe der *Sibylle*.«

»Wirklich? Die muss ich mir kaufen.«

»Ich schenke sie Ihnen«, lachte Dora. »Wenn Sie mir noch eine Kubanische Sultanetta spendieren.«

Peter ging breit lächelnd und beschwingten Schrittes zur Theke, um neue Getränke zu besorgen.

Wenn Peter jetzt am Wochenende von Potsdam nach Berlin fuhr, gab es zwar immer noch die Jazzkonzerte und nächtlichen Vergnügungen mit Grischa, aber einen Großteil seiner freien Zeit verbrachte er mit Dora. Sie hatte viele Künstlerfreunde und so erschlossen sich ihm völlig neue Welten. Er fühlte sich wohl mit Dora an seiner Seite.

An der Akademie rückten die Examen unterdessen näher. Peter und Grischa hatten keinerlei Ängste, in irgendeinem der Fächer nicht zu bestehen. Vielmehr fragten sie sich, was sie nach ihren Abschlüssen erwarten würde. Seit Januar 1962 bestand in der DDR die allgemeine Wehrpflicht. Auf weitere achtzehn Monate Kasernierung, wenn auch bei der Nationalen Volksarmee, hatte keiner der beiden Lust.

»Da müssen alle hin«, sagte Grischa. »Ausnahmslos.«

»Tja, dann werden wir wohl in den sauren Apfel beißen müssen.«

»Ich fürchte auch.«

Im Juni 1963 schlossen Peter und Grischa ihr Studium ab. Erneut als Jahrgangsbeste. Zur Abschlussfeier in Babelsberg lud Peter nicht nur seine Eltern, sondern auch Dora Grau ein. Paul und Edith Körber trafen die neue Freundin ihres Sohnes zum ersten Mal und waren entsprechend gespannt.

»Ein sehr hübsches Mädchen«, flüsterte Edith ihrem Stiefsohn zu, während sie in der Aula den Ansprachen lauschten.

»Und klug dazu, Mama«, erwiderte Peter.

Auch Paul Körber war von der jungen Frau sichtlich angetan und unterhielt sich mit Dora über ihre Nebenbeschäftigung als Mannequin.

»Ich kenne Ihre Moderedakteurin ganz gut, die Genossin Dorothea Bertram. Sie hat bei der *Sibylle* richtig Schwung reingebracht. Das Ganze begann ja, etwas Staub anzusetzen.«

»Das ist Ihre Meinung?«, fragte Dora erstaunt.

»Ich gebe zu, dass Frau Bertram es mir erst erklären musste. Aber sie hat vollkommen recht. Ich finde es wichtig, dass unsere Republik eine Mode produziert, die unseren jungen, selbstständigen Frauen angemessen ist.«

»So denkt nicht jeder«, sagte Dora lächelnd.

»Mein Sohn aber schon, hoffe ich doch.«

Dora nickte.

Peter und Grischa hatten die *Auster* exklusiv für ihre Privatfeier gebucht und sämtliche Verwandten, Freunde und Bekannte eingeladen. Jeder Platz im Club war belegt und die Stimmung ausgelassen. Um drei Uhr morgens wurde Dora müde und Peter erklärte sich einverstanden, sie nach Hause zu bringen.

Als sie im Taxi saßen, wollte er dem Chauffeur das Fahrtziel angeben, doch Dora kam ihm zuvor.

»Strausberger Platz 19, bitte. *Haus des Kindes.* Das ist doch deine Adresse, oder? Ich habe mich bei deinen Eltern schlau gemacht.« Dora lächelte.

»Wieso? Willst du nicht …«

Dora legte ihm den Zeigefinger an die Lippen und kuschelte sich an ihn. Plötzlich musste Peter über sich selbst schmunzeln. Er hatte heute zwar eine ziemlich lange Leitung … aber auch sturmfreie Bude.

Am nächsten Morgen klingelte es in der Frühe Sturm. Peter wollte es ignorieren, aber es hörte nicht auf. Er rappelte sich hoch, um zu öffnen. Im Hausflur stand ein Postbote.

»Peter Körber?«

»Der bin ich.«

»Ein Blitztelegramm. Wenn Sie bitte quittieren …«

Peter unterschrieb, schloss die Tür und las mit Erstaunen das Telegramm:

*Erscheinen Sie Mittwoch 9 Uhr
in der Normannenstraße – Haus 1*

Peter brauchte einen Moment, bis er die Nachricht erfasste. Eine Einladung in die Zentrale des Ministeriums für Staatssicherheit. Offensichtlich hatte Erich Mielke ihn nicht vergessen.

Er legte das Telegramm in die unterste Garderobenschublade und schlüpfte wieder zu Dora ins Bett.

»Was gibt es denn so Wichtiges am Sonntagmorgen um diese Uhrzeit?«

In Peter sträubte sich etwas dagegen, Dora von dem Termin bei Mielke zu erzählen. Wie würde sie wohl reagieren? Er erinnerte sich daran, was Grischa einmal über Mielke gesagt hatte – dass er keine Freunde habe und als verschlagen gelte. Sollte er vielleicht besser nach einem plausiblen Grund suchen, um absagen zu können?, fragte sich Peter. Aber er war neugierig und beschloss, erst später mit Dora darüber zu sprechen.

»Jemand hat sich in der Etage vertan«, sagte er. »Lass uns noch ein bisschen schlafen. Wir brauchen nachher alle Kräfte.«

»Wieso? Was hast du vor?«

»Das fragst du? Darüber hast du doch letzte Nacht gesprochen.«

»Peter? Wovon redest du?«

»Na, wovon wohl. Von dem Kamasutra – die Stellungen 13 bis 18 …!«

»Ich kann mich nicht erinnern, dass ich …«

Endlich begriff Dora und prustete los. Peter war glücklich.

Drei Tage später fand Peter sich zwanzig Minuten vor der angegebenen Zeit in der Normannenstraße ein. Er musste sich ausweisen und das Telegramm vorzeigen, dann durfte er das Haus 1 betreten.

In der Eingangshalle setzte er sich auf eine Wartebank. Punkt neun Uhr wurde er von einem uniformierten Mitarbeiter abgeholt. Ein mittelgroßer, sportlicher Mann mit fuchsroten Haaren, der gut zehn Jahre älter sein musste.

»Genosse Körber? … Ich bin Hauptmann Horst Bialek. Wenn Sie mir bitte in mein Büro folgen.«

Sie fuhren mit dem Fahrstuhl in den dritten Stock, gingen dann einen unendlich langen Flur entlang, bis Bialek ein Büro aufschloss und Peter hereinbat.

Der Hauptmann setzte sich an seinen Schreibtisch und schlug eine mitteldicke Akte auf.

»Hat man Ihnen mitgeteilt, warum wir Sie zu uns gebeten haben, Genosse Körber?«

»Nein.«

Horst Bialek blätterte in der Akte, hielt hin und wieder inne, schien beeindruckt zu sein.

»Sie haben ausgezeichnete Beurteilungen erhalten, schon ab der ersten Schulklasse. Respekt. Jahrelange aktive Mitarbeit in der FDJ, Abitur an der Immanuel-Kant-Oberschule, als Jahrgangszweitbester, Studium an der Deutschen Akademie für Staats- und Rechtswissenschaft, besondere Belobigung für den Einsatz bei der Errichtung des antifaschistischen Schutzwalls, Studienabschluss erneut als Jahrgangszweitbester. Alle Achtung ... Dazu ein gradlinig proletarisch-kommunistisches Elternhaus. Makellos, Genosse, makellos. Kein Wunder, dass Sie uns von oberster Stelle empfohlen wurden.«

Hauptmann Bialek schlug die Akte zu und schaute Peter freundlich an.

»Genosse Körber, ich möchte Sie fragen, ob Sie Interesse haben, in den Dienst des Ministeriums für Staatssicherheit zu treten.«

»Die Frage kommt etwas früh, Genosse Hauptmann. Ich denke, dass ich erst einmal den Wehrdienst bei der Nationalen Volksarmee absolvieren muss.«

»Nicht unbedingt. Falls Sie in unsere Dienste treten, werden Sie davon befreit.«

»Wirklich?«

Bialek nickte.

»Welche Bereiche würden mir denn mit meinem Diplom als Staatswissenschaftler offenstehen?«

»Grundsätzlich alle. Von verwaltungstechnischen Diensteinheiten über Aufgaben im Bereich Aufklärung oder Abwehr, der Tätigkeit auf dem Gebiet operative Forschung, bis zu Leitungsaufgaben im Sektor Kader und Schulung ... Haben Sie vielleicht besondere Interessen, Genosse?«

Peter dachte an Dora. Was würde ihr gefallen? In welchem Bereich sähe sie ihren zukünftigen Mann am liebsten? Denn dass er und Dora heiraten würden, stand für Peter seit dem Wochenende fest. Irgendetwas Kulturelles ... Kunst, etwas, das mit dem Geistesleben zu tun hatte ... Ja, das würde ihr imponieren.

»Gibt es eventuell Abteilungen, die sich mit kulturellen Angelegenheiten befassen? So etwas würde mich besonders interessieren.«

»Selbstverständlich, Genosse. Die Hauptabteilung V ist dafür zuständig.«

»Das klingt wirklich gut, aber es kommt alles etwas plötzlich für mich ...«

»Wenn Sie sich noch Bedenkzeit nehmen möchten ... Andererseits sollten Sie wissen, dass es noch viele weitere Bewerber gibt.«

»Ich glaube, ich sollte Ihr Angebot annehmen.«

Hauptmann Bialek klatschte in die Hände. »Ausgezeichnet, Genosse, das sollten Sie wirklich. Aufgrund Ihres Diploms wird das Ministerium Sie mit dem Dienstgrad Leutnant einstellen.«

Es war schon einige Jahre her, dass sich Peter und Grischa an der Freilichtbühne im Volkspark Friedrichshain verabredet hatten, ihrem ehemaligen Oberschüler-Treffpunkt. Er hatte beschlossen, seinen Freund zu überreden, ebenfalls in der Hauptabteilung V anzufangen.

»Und du willst das wirklich tun?«

»Ich habe gestern früh die Verpflichtungserklärung unterschrieben.«

»Ist das nicht etwas überstürzt?«

»Ich hab auch kurz gezögert, aber oft bekommt man so eine Chance nicht.«

»Hört sich eigentlich nicht schlecht an.«

»Eben. Die haben mich sogar gefragt, ob ich bestimmte Interessengebiete hätte, die sie berücksichtigen könnten.«

»Und was hast du denen geantwortet? Modaler Jazz in allen Schattierungen?«, sagte Grischa lächelnd.

»So ähnlich. Und? Was ist mit dir?«

»Ich weiß nicht, Peter … ich weiß nicht, worauf man sich da einlässt.«

Peter lachte. »Genau das habe ich auch gedacht. Aber man kann es ja nicht wissen, bevor man es gemacht hat.«

Die erste Arbeitswoche im Ministerium für Staatssicherheit verlief für Peter völlig unkompliziert. Zwar hatte er gleich am ersten Tag in der Hauptabteilung V seinen eigenen Schreibtisch zugewiesen bekommen, aber bis Ende August wurden er und andere neue Mitarbeiter durch die verschiedenen Bereiche der Hauptabteilung geschleust, um ihnen einen groben Überblick zu verschaffen.

Am 1. September 1963 begann für Peter die eigentliche Arbeit. Er war einer der acht Mitarbeiter von Oberst Siegmar Frohberg, dem stellvertretenden Leiter der Hauptabteilung V. Was seinen Vorgesetzten dafür qualifiziert hatte war Peter allerdings ein Rätsel. Der Genosse Frohberg verstand nichts von Kultur, aber er besaß einen festen Klassenstandpunkt.

Peter hatte vom Genossen Frohberg den Auftrag erhalten, ein Verzeichnis aller Schauspieler zu erstellen, die an den Theatern der Republik engagiert waren, und trotzdem in den Jahren bis zum Bau des Schutzwalls Verträge im westlichen Ausland angenommen hatten.

Am Samstagnachmittag wollte Peter gerade Feierabend machen, als er einen Anruf erhielt: Der Genosse Körber möge sich bitte umgehend im Vorzimmer des Ministers für Staatssicherheit Erich Mielke melden.

Mit diesem Anruf hatte er seit dem ersten Tag beim MfS gerechnet. Er ging auf die Toilette, kontrollierte im Spiegel sein Aussehen, stieg in den Fahrstuhl und fuhr in den zweiten Stock hinab, in dem die Bürofucht des Ministers lag.

Peter hatte angenommen, dass Erich Mielke ihn mindestens eine Viertelstunde lang warten lassen würde, aber seine resolute Vorzimmerdame winkte ihn sogleich durch.

»Genosse Körber, er wartet schon. Los, los, dalli, dalli.«

Peter klopfte an die Bürotür.

»Herein.«

Er kam in einen großen, holzvertäfelten Raum mit einem Schreibtisch, an dem eine zusätzliche Arbeitsfläche für Gesprächspartner angebracht worden war. Vor der Fensterfront befand sich ein langer Konferenztisch für zehn Personen, in der Ecke eine gepolsterte Sitzgruppe.

Erich Mielke saß hinter seinem Schreibtisch, trug im Gegensatz zu ihrer ersten Begegnung Uniform und putzte seine Brille. Erst nachdem er sie wieder aufgesetzt hatte, blinzelte er Peter an und erkannte ihn. »Der junge Genosse aus dem Wedding, das helle Köpfchen. Schön, dass du den Weg zu uns gefunden hast, Genosse Körber. Nimm Platz.«

Peter setzte sich.

Mielke schaute in eine Akte, die vor ihm lag.

»Du hast dich für die Hauptabteilung V entschieden, ja?«

»Richtig, Genosse Minister. Und da für die Abteilung Kultur.«

»Nicht das Verkehrteste für den Anfang. Im Roten Frontkämpferbund hatte ich die Funktion des Kulturobmanns inne. Ende der 20er Jahre. Dolle Sache. Ich weiß also, wovon ich rede, Genosse.«

»Ich erstelle gerade eine Liste mit Schauspielern, die trotz großzügiger Unterstützung seitens unserer Republik mit Vorliebe Engagements im westlichen Ausland angenommen haben. Natürlich bevor wir den antifaschistischen Schutzwall errichtet haben.«

»Schau an. Sind das viele Schmierenkomödianten?«

»Ich bin noch ganz am Anfang, Genosse Minister. Aber ich vermute, dass da einige zusammenkommen werden.«

Mielke grinste. »Gut, gut! Das ist die richtige Haltung, Genosse. Du musst wie ein Spürhund vorgehen. Hartnäckig und ohne Nachsicht. Wie eines dieser Trüffelschweine, das den schlimmsten Morast durchwühlt, wenn es was Interessantes zu beißen gibt.«

»Das ist genau meine Absicht, Genosse Minister.«

»Schön. Einen Rat noch, damit du bei uns den Weg nimmst, den so ein pfiffiger Junge aus dem Wedding verdient. Das A und O ist: Du musst dich durchsetzen und Biss zeigen. Immer! Hast du kapiert, Genosse?«

Peter nickte.

»Und wer nicht beizeiten lernt, die Krallen auszufahren,

der geht unter. Ob jemand kompetent ist oder sonst was auf dem Kasten hat, das zählt nicht immer. Jedenfalls nicht in erster Linie, verstehst du?«

Peter nickte.

»Besser du zeigst allen sofort, woran sie bei dir sind, Genosse. Mir hat Teddy Thälmann diese Lektion zum Glück rechtzeitig beigebracht. Wer nach Ärger riecht, mit dem will keiner Ärger haben.«

»Ich danke Ihnen für Ihr großes Vertrauen, Genosse Minister. Ich werde Sie nicht enttäuschen.«

Und das meinte Peter ernst. Todernst.

4

Fast jeden Tag traf sich Peter mit Dora. Sie gingen spazieren und sie erzählte ihm viel von ihrer Arbeit. Beschrieb ihm die neue Kollektion, schwärmte von Fotoaufnahmen auf dem Darß und war sichtlich stolz, dass sie bei einer so modernen Zeitschrift wie der *Sibylle* mitwirken durfte.

Peter hingegen hielt sich zurück. Erklärte Dora, dass er Mitarbeiter des Ministeriums für Kultur sei, aber derzeit in einer Außenstelle in Lichtenberg beschäftigt wäre. Momentan müsse er vor allem organisatorische Dinge erledigen, Statistiken erstellen und auswerten. Zu Beschäftigungsfragen von Schauspielern und ähnlich trockenen Themen. Umso mehr würde er die Einblicke in ihr so viel aufregenderes Berufsleben schätzen.

Grischa hatte für Peter jetzt kaum noch Zeit. Der Freund

saß an seiner Promotion, da hatte er mehr als genug zu tun. Trotzdem gingen die beiden weiterhin regelmäßig zu Jazzkonzerten.

»Die Biere gehen übrigens auf mich«, sagte Grischa.

»Wieso? Gibt es was zu feiern?«

»Kommt drauf an. Ab nächster Woche sind wir Kollegen. Ich habe die Promotion geschmissen und werde in der Hauptverwaltung Aufklärung arbeiten.«

»Das ist ja großartig!« Peter umarmte seinen Freund.

»Dann sehen wir uns vermutlich wieder öfter als in den letzten Monaten. Zumindest mittags in der Kantine. Wie ist da so das Essen?«

»Na ja ... Dora kocht besser.«

»Hast du ihr eigentlich gesagt, dass du beim MfS arbeitest?«

»Nicht direkt. Sie glaubt, dass ich im Kulturministerium beschäftigt bin. Ist ja auch ähnlich. Ich warte, bis irgendwann der passende Moment kommt.«

»Ich werde damit auch nicht hausieren gehen«, sagte Grischa. »Das ist uns ja ausdrücklich untersagt.«

»Wie bist du eigentlich auf den Bereich Aufklärung gekommen?«

»Erinnerst du dich an die Postkarte, die uns Bruno damals aus Pisa geschickt hat?«

»Klar, wie könnte ich das vergessen?«

»Ich möchte auch mal nach Italien. Als Offizier der HVA habe ich gute Chancen, später zu Auslandeinsätzen entsandt zu werden.«

»Dann schickst du mir ebenfalls eine Postkarte ...«

»Das wird kaum erlaubt sein.«

Im Winter 1963/64 gab es in der Republik eine unerwartete Neuorientierung. Jazz war bis dato als schlecht angesehen gewesen, galt einigen SED-Funktionären sogar als verabscheuungswürdiger Auswuchs kapitalistischer Dekadenz, der mit allen Mitteln unterdrückt werden müsse, da er den Aufbau des Sozialismus störe. Nach dem Bau des Schutzwalls sah Walter Ulbricht jedoch die Notwendigkeit, die Jugend für die Weiterentwicklung der Republik zu gewinnen. Und da schien es folgerichtig, dass er ihr im Gegenzug mehr Freiheiten einräumen musste.

Mit dem Kommuniqué *Der Jugend Vertrauen und Verantwortung* leitete das Politbüro des Zentralkomitees eine Liberalisierung der Kulturpolitik ein. Tänze wie der Twist und musikalische Strömungen wie der Jazz waren plötzlich erlaubt. Was auch die Hauptabteilung V des Ministeriums für Staatssicherheit zu berücksichtigen hatte.

»Verstehen Sie was von Jazzmusik, Genosse Körber?«, fragte Oberst Siegmar Frohberg.

»Ein wenig, ja.«

»Wir kommen daran nicht mehr vorbei, wir müssen schnellstens eine Unterabteilung Jazz aufbauen. Ich werde Sie als Leiter vorschlagen.«

»Danke, Genosse Oberst.«

Gegenüber seinem Vorgesetzten nahm Peter die Ankündigung gleichmütig auf, ganz der brave Offizier, der seinen Dienst verrichtet, wo immer er auch hingestellt wird. Aber im Innersten jubilierte er. Auf diese Weise konnte er Beruf und Hobby miteinander verbinden.

Peter übergab einem Kollegen seine laufenden Arbeiten und machte sich an den Aufbau der Unterabteilung Jazz. Als Erstes überzeugte er Horst Bialek, sich in das neue Ressort versetzen zu lassen. Anschließend beantragte er die Zuteilung einer Fachkraft für Schreibtechnik, was Oberstleutnant Frohberg ebenfalls bewilligte.

Es galt, rasch und unauffällig alle Stellen zu infiltrieren, die in der Republik irgendwie mit Jazz zu tun hatten. Peter trat als leidenschaftlicher Jazzliebhaber auf, der er ja auch war, und wirkte so ungemein überzeugend. Dank seiner Musikkenntnisse und seiner freundlich-offenen Art öffneten sich ihm automatisch alle Türen.

Im Funkhaus Nalepastraße traf Peter sich mit engagierten Hörfunkleuten, die Jazzsendungen für den Rundfunk der DDR planten. Er bot ihnen die Schätze seiner privaten Jazz-Sammlung an und hatte sogleich neue Freunde gewonnen. Die Schallplatten würde ihm gegebenenfalls die entsprechende Stelle des MfS im kapitalistischen Ausland ergo West-Berlin besorgen.

Nach wie vor besaß Peter beste Kontakte zur Freien Deutschen Jugend, so erfuhr er frühzeitig von Jazzbandauftritten in Jugendclubs und ähnlichen Einrichtungen. Auch über Planungen zum *1. DDR-Amateur-Jazzfestival* in der Hauptstadt im Mai 1964 war Peter schon früh im Bilde und konnte so die passenden Fäden ziehen.

Peter nahm auch Kontakt zur Deutschen Künstleragentur auf, die als Einzige berechtigt war, ausländischen Künstlern in der Republik Auftritte zu vermitteln. Mit Unterstützung von Oberstleutnant Siegmar Frohberg erreichte Peter auf dem kleinen Dienstweg, dass die Agentur ihn für den Bereich Jazz als einzigen Ansprechpartner beim MfS akzeptierte.

Jetzt kam es nur noch darauf an, ein Netzwerk von Inoffiziellen Mitarbeitern aufzubauen. Und da konnte Peter von seinem Genossen Horst Bialek eine Menge lernen. Der hatte ein unglaubliches Talent, sich mit wildfremden Menschen binnen kürzester Zeit anzufreunden.

Es verwunderte ihn manchmal selbst, aber Peter hatte keine Probleme damit, dass seine Arbeit zum Großteil auf Täuschung basierte. Erstens diente es einer höheren Sache, nämlich der Sicherheit der Republik. Und zweitens war er bestrebt, den heimischen Jazz, wo immer möglich, zu fördern.

Peter sah sich als eine Art Schutzengel. Was fiel da ein bisschen Täuschung groß ins Gewicht?

Schon bald war die neue Abteilung erfolgreich. Peter hatte in Rekordzeit eine umfassende Kartei aller Jazzmusiker in der Republik aufgebaut. Das war beispiellos im Ministerium der Staatssicherheit, womit Peter den Respekt der Genossen in den anderen Abteilungen gewann.

Allerdings hielt sein beruflicher Alltag für ihn auch neue Seiten bereit. Dossiers über Schauspieler an Provinztheatern zu erstellen, die man niemals persönlich traf, war etwas völlig anderes, als Menschen in einem engen Raum zu verhören. Peter fiel es leicht, sich in sein Gegenüber hineinzuversetzen, sie mit subtilen Gesprächstechniken dorthin zu führen, wo es ans Eingemachte ging, wie Erich

Mielke zu sagen pflegte. Peters erstes Bravourstück war der Vorgang *IM Satchmo*, der gewissermaßen die Blaupause für seine weiteren Verhörtechniken lieferte.

Leo Refeld war ein Trompeter aus Dresden, der sich nach dem Studium am dortigen Konservatorium für den Jazz entschieden hatte. Vier Jahre hatte er bei den *Dresdner Tanzsinfonikern* gespielt, ehe er 1962 das *Leo Refeld Sextett* gründete.

Gemeinsam mit Grischa hatte Peter mehrere Konzerte der Gruppe besucht und dabei großen Spaß gehabt. Refeld sah dem Trompeter Chet Baker ein wenig ähnlich. Sein Klang war erstaunlich, fast schon schwarz, und er hatte eine wunderbar geschmeidige Linienführung. Privat aber hatte er offensichtlich einen Hang zur Widerspenstigkeit.

Seit drei Jahren lebte Leo Refeld mit der Dichterin Gisela Hirschberg zusammen. Die Magdeburgerin hatte am Literaturinstitut Johannes R. Becher studiert und galt als eine hoffnungsvolle neue Stimme der sozialistischen Literatur. Gleich ihr Erstlingswerk *Kampflieder für die Ungeborenen* war mit der Erich-Weinert-Medaille ausgezeichnet worden.

Doch eine weitere Veröffentlichung kam nicht zustande, da ihre neuen Gedichte als staatsfeindlich abgelehnt wurden. Aber statt die Kritik anzunehmen und daraus zu lernen, organisierte Gisela Hirschberg illegale Lyrik-Lesungen in Privatwohnungen, fertigte maschinengeschriebene Kopien ihrer verbotenen Texte an, die von Unterstützern verbreitet wurden. Also fand Peter es angebracht, den Trompeter zum Verhör ins Ministerium bringen zu lassen.

Leo Refeld saß ihm am Vernehmungstisch gegenüber

und stellte sich dumm. »Ich bin Trompeter, ich habe noch nie ein Gedicht geschrieben.«

»Das weiß ich doch, Genosse Refeld. Sie sind sogar ein ganz hervorragender Trompeter. Ich war schon bei einigen Ihrer Konzerte und frage mich, wieso Ihr Sextett immer noch keine Langspielplatte aufgenommen hat. Wirklich schade.«

»Kommt vielleicht noch.«

»Das hoffe ich sehr. Aber meinen Sie, dass es hilfreich ist, wenn Sie auf einmal diese merkwürdigen Veranstaltungen machen? Dichtung und Jazz ... Was soll dabei herauskommen?«

»Es ist ja nur ein Versuch. Wir wollen bei Konzerten Gedichte vortragen lassen, von Schauspielern, und diese musikalisch kommentieren. Könnte sehr interessant sein.«

»Das glaube ich nicht, das ist zum Scheitern verurteilt. Da verbindet sich vermutlich nur das Schlechteste aus beiden Welten.«

»Wieso? Die amerikanischen Kollegen sind damit ziemlich erfolgreich. Charles Mingus zum Beispiel ...«

»Mag ja sein«, unterbrach ihn Peter. »Aber Mingus lebt in den Vereinigten Staaten. Sie kennen die katastrophale Lage der Schwarzen dort ... Ehrlich gesagt befürchte ich, dass so was in unserer Republik auf defätistische Witzchen mit Blasmusik hinauslaufen wird.«

Leo Refeld schwieg, überlegte angestrengt. Dann sah er Peter mit versteinerter Miene an.

»Es ist wegen meiner Freundin, oder? Wegen Gisela ...«

»Genosse Refeld, ich kümmere mich allein um den Jazz.

Um nichts anderes. Ich liebe diese Musik und ich will, dass Sie und Ihre Kollegen genau den Jazz spielen können, den Sie möchten. Wir wissen doch beide, was für ein zartes Pflänzchen der Jazz in unserer Republik ist. Vor nicht einmal zehn Jahren wurde er von führenden Genossen noch als imperialistische Affenkultur geschmäht.«

Der Trompeter nickte.

»Deswegen müssen wir Jazzliebhaber zusammenstehen. Gemeinsam wird man uns nicht schlagen. Nur dann können wir dem Jazz seine Bedeutung in unserem Land sichern. Verstehen Sie, was ich Ihnen sagen will?«

»Ich soll mich von Gisela trennen?«

»So etwas würde ich nie verlangen. Das ist Ihre Privatangelegenheit. Auch wenn die Stellung Ihrer Freundin äußerst prekär ist. Einige meiner Genossen stufen ihre neueren Gedichte als extrem staatsfeindlich ein.«

»Das sind sie nicht, nein. Ich habe sie alle gelesen. Gisela will nur eine solidarische Gesellschaft, in der jeder so leben kann, wie er es möchte. Ist das verkehrt?«

»Ich kenne die Arbeiten Ihrer Freundin nicht. Aber es gibt bei meinen Genossen eine gewisse Enttäuschung. Erst habe man die Genossin Hirschberg gefördert, ihr den roten Teppich ausgerollt, doch sie ... habe sich grundlos ins gesellschaftliche Abseits katapultiert.«

»So denkt man über Gisela?«

Peter nickte. »Ihr droht demnächst vermutlich ein Publikationsverbot. Und deshalb sollten Sie vorsichtig sein. So viele erstklassige Trompeter hat unsere Republik nämlich nicht. Ich weiß ja, viele Künstler sehen in unserem Ministerium einen Gegner. Denken, dass hier nur kleinkarierte Funktionäre sitzen, die sie mit Repressalien und Drohungen maßregeln wollen. Aber das trifft nicht zu, Genosse Refeld.«

»Dazu kann ich nichts sagen«, wich der Trompeter aus.

»Das müssen Sie auch nicht. Jedenfalls sind wir anständige Genossen, die nur an das Wohl unserer Republik und das ihrer Menschen denken. Aber zurück zu Ihnen ...«

»Wollen Sie mir die Spielerlaubnis entziehen, wenn ich diese Dichtung-und-Jazz-Veranstaltungen mache?«

Peter lachte auf. »Genosse Refeld, meine Güte! Wie schätzen Sie mich denn ein? Ich wollte Ihnen gerade mitteilen, dass ich Sie und Ihr Sextett gerne für eine Plattenaufnahme bei der Amiga vorschlagen möchte. Ich berate die Genossen nämlich seit Kurzem in Sachen Jazz.«

Refeld war verblüfft, brauchte einen Moment, bis er sich gefangen hatte.

»Und das ohne ... ohne, dass ich irgendwelche Zugeständnisse machen muss?«

»Selbstverständlich. Ich habe Sie hergebeten, um Ihnen zu sagen, dass Sie meine volle Unterstützung erhalten. Betrachten Sie mich einfach als einen Kampfgefährten auf dem struppigen Feld der Kulturpolitik, der wie Sie dem Jazz in unserer Republik unbedingt zum Durchbruch verhelfen möchte.«

»Und was wird aus Dichtung und Jazz? Soll ich das Ganze abblasen?«

»Das brauchen Sie nicht. Aber verschwenden Sie nicht zu viel Zeit darauf. Ihr Talent liegt meiner Meinung nach in der reinen Musik und nicht in irgendwelchen merkwürdigen Zwitterformen. Und achten Sie besonders auf die Auswahl der Texte ...«

»Ich verstehe. Besser Klassiker als zeitgenössische Schriftsteller.«

»Richtig. Ich werde das *Leo Refeld Sextett* in den nächsten Tagen der Amiga für eine Veröffentlichung vorschlagen. Sie können davon ausgehen, dass man meine Empfehlung nicht abschlagen wird. Das verspreche ich Ihnen.«

Refeld strahlte Peter an. »Das wäre großartig.«

»Sie haben es verdient, Genosse Refeld. Lassen Sie uns dieses Gespräch unbedingt fortsetzen. Ich bin sehr daran interessiert, direkt zu erfahren, wie die Stimmung unter Ihren Kollegen ist. Was man verbessern könnte, woran es hakt. Es wäre toll, wenn Sie mir regelmäßig darüber berichten könnten.«

Der Trompeter nickte. »Das lässt sich einrichten.«

»Dann sind wir uns einig. Wunderbar. Und wenn Sie irgendwann einmal etwas auf dem Herzen haben, sprechen Sie mich einfach an. Ich bin immer für Sie da. Immer.«

Sechs Wochen später unterschrieb Leo Refeld bei der Amiga seinen ersten Schallplattenvertrag. Und am gleichen Tag noch ein Schriftstück in Peters Büro:

Ich, Leo Refeld, verpflichte mich hiermit zur inoffiziellen Mitarbeit für das Ministerium für Staatssicherheit. Ich bin mir bewusst, dass ich meine ganze Kraft dafür einsetze, die mir übertragenen Aufgaben zur Zufriedenheit auszuführen.

Weiterhin verpflichte ich mich, über meine Tätigkeit strengstes Stillschweigen zu bewahren. Ich weiß, wenn ich diese meine Verpflichtung nicht einhalte, werde ich nach den Gesetzen der Deutschen Demokratischen Republik bestraft.
Meine Berichte, die ich dem Ministerium für Staatssicherheit übergebe, werde ich mit dem Decknamen Satchmo *unterzeichnen.*

Peter wurde vom Leutnant zum Oberleutnant befördert. Im Frühjahr 1965 empfing Erich Mielke ihn in seinen Diensträumen, heftete Peter einen Orden an die Brust und stockte sein Ressort mit zusätzlichem Personal auf.

»Das hast du dir verdient, Genosse Körber, unser pfiffiges Kerlchen aus dem Wedding. Bleib eisern und verbeiß dich auch weiterhin in die Schergen der Reaktion!«

»Jawohl, Genosse Minister. Darauf können Sie sich verlassen.«

Die Hochzeit von Dora und Peter wurde nicht in der *Auster* gefeiert, da das Lokal vier Monate zuvor wegen defätistischer Äußerungen und unerlaubten Westkontakten des Objektleiters geschlossen worden war. Peter hatte diese Entwicklung schon ziemlich früh gesehen, da einige seiner Inoffiziellen Mitarbeiter dort verkehrten. Obwohl in der *Auster* kaum noch Jazz gespielt wurde, sondern fast nur die neuerdings groß angesagte britische Beatmusik.

Stattdessen feierten Dora und Peter in einem Café, welches bei den Mitarbeitern der *Sibylle* ein beliebter Treffpunkt war. Ein beschwingtes Fest im Wonnemonat Mai.

Ab sofort hieß Dora nicht mehr Grau, sondern Körber. Darauf hatte Peter – ganz altmodisch – enormen Wert gelegt. Horst Bialek hatte eine Handvoll Berliner Spitzenjazzer in die Karl-Marx-Allee gelotst. Peter war bewegt, vor allem, als sie speziell für den Bräutigam *Me and My Baby* von Horace Silver spielten. Auch die Hochzeitsgäste waren begeistert und tanzten auf dem breiten Trottoir der Allee.

Paul und Edith Körber verstanden sich prächtig mit Doras Eltern und präsentierten mit diesen das gemeinsame Hochzeitsgeschenk: eine bezugsfertige und vollständig eingerichtete Zweieinhalb-Raum-Wohnung mit Balkon in der Erich-Kuttner-Straße in Lichtenberg. In einem viergeschossigen Experimentalbau des Typs P2, der erst kurz zuvor fertiggestellt worden war. Modern und äußerst begehrt. Für die Wohnungen dort gab es mehrjährige Wartezeiten, was Paul Körber jedoch zu umgehen wusste.

Die Flitterwochen verbrachten Dora und Peter in Ungarn, wo der MfS-eigene Feriendienst ihnen für neun Tage eine Urlaubswohnung am Balaton vermittelt hatte. Es war die schönste Zeit, die die beiden gemeinsam erleben sollten, da die südliche Sonne, die scharf-pikante ungarische Küche und die erotisch aufgeladenen Nächte noch all die Unterschiede verdeckten, die bei ihrer Rückkehr in die Hauptstadt schon bald aufbrechen sollten.

Nach und nach machte ihnen der Alltag immer mehr zu schaffen. Oder wie es Peter später mit den Worten seines mit dem Internationalen Stalinpreis ausgezeichneten Lieblingsschriftstellers Bertolt Brecht formuliert hatte: *Die*

Mühen der Berge liegen hinter uns, vor uns liegen die Mühen der Ebene.

Aber zunächst bemerkte Peter die Veränderung nicht, während Dora schon bald litt. Sie verspürte keine wirklich tiefgehende Nähe und irgendetwas schien Peter vor ihr zu verbergen.

Bei der Arbeit im MfS lernte Peter auch die Seite der Jazzmusik kennen, die er früher vielleicht gespürt, aber nicht verstanden hatte: Den Drang zur Freiheit. Ein fataler Trieb, der auf das sonstige Leben der Jazzfans abfärbte und manche von ihnen Grenzen überschreiten ließ, die sie mit den Gesetzen der Republik in Konflikt brachte. Das reichte vom eher harmlosen Jazzalbenschmuggel über exzessives Westsender-Hören bis hin zu Republikflucht.

Peter ging in seiner Arbeit auf, begann, immer tiefer in die Verästelungen der Jazzszene einzutauchen. Und auch in die genauso komplizierte Psyche der Jazzliebhaber. Wobei er sich in seinen ehrlichen Momenten davon nicht ausnahm. Doch das musste er beiseiteschieben, um eine Strategie zu entwickeln, wie seine Vernehmer durch raffinierte psychologische Befragung möglichst schnell ans Ziel gelangen konnten. Selbstverständlich nur bei denjenigen Jazzliebhabern, die eines schweren Vergehens beschuldigt und inhaftiert worden waren.

Über den Ort ihrer Haft ließ Peter diese Häftlinge bewusst im Unklaren. Die Vernehmer, inzwischen noch vier weitere, gaben ihnen das Gefühl, einem allmächtigen Staat ausgeliefert zu sein. Sie wurden von der Außenwelt hermetisch abgeschirmt, von ihren Mitgefangenen streng isoliert. Wenn er es für nötig hielt, konnte Peter sie wochenlang ununterbrochen verhören lassen, bis sie schließlich belastende Aussagen zu Protokoll gaben.

Dora gab sich alle Mühe, ihren Ehemann nicht ungerecht zu behandeln. Peter war nett, er bemühte sich, auf sie einzugehen, aber es gab eine Barriere zwischen ihnen. Eine unsichtbare Mauer, die sie trennte. Im täglichen Zusammenleben in ihrer Neubauwohnung wurde diese Grenze immer deutlicher. Und unüberwindbarer. So empfand Dora es, ohne jedoch zu wissen, was sie dagegen tun konnte.

Peter hingegen übersah bei seiner Frau die schleichende Distanzierung. Er bemühte sich verstärkt, die Jazzszene zu unterstützen, gewissermaßen einen Ausgleich für die von seiner Abteilung notwendigerweise drangsalierten Personen zu schaffen. Er förderte Musiker, die er für besonders talentiert hielt, aber natürlich so, dass diese es nicht bemerkten.

Dora versuchte, vorsichtig mit Peter über die Probleme in ihrer Ehe zu reden, doch Peter wich ihr immer wieder aus. Über seine Arbeit erzählte er weiterhin nur Banales. Nach und nach begann Dora, sich zu fragen, worin eigentlich die Tätigkeit ihres Mannes bestand.

»Peter, ich habe heute versucht, dich im Ministerium zu erreichen. In der Telefonzentrale kannte man deinen Namen nicht.«

»Weil ich in der Außenstelle arbeite, Liebes. Die leitenden Persönlichkeiten des Ministeriums kennen mich natürlich alle. Was gab es denn so Wichtiges?«

»Die *Sibylle* hat eine Einladung in die ČSSR erhalten. Das Prager Modeinstitut will eine ähnliche Zeitschrift machen und wir sollen sie beraten. Einige meiner Kolleginnen nehmen ihre Männer mit und ich wollte dich fragen, ob du auch mitkommen möchtest.«

»Wann soll das denn stattfinden?«

»In fünf Wochen.«

»So kurzfristig kann ich mir nicht freinehmen. Ausgeschlossen.«

»Schade. Dann muss ich alleine fahren.«

»Und wie lange geht es?«

»Nur vier Tage … Und du schaffst es wirklich nicht?«

»Nein, unmöglich.«

»Dann gib mir aber wenigstens die Telefonnummer deiner Dienststelle, damit ich dich notfalls erreichen kann.«

Peter zögerte und Dora sah ihn misstrauisch an.

»Klar. Ich schreib sie dir nachher auf.«

Als Dora aus Prag zurückkam, war sie wie verwandelt, richtig beschwingt. Durch die dortigen Kollegen hatte sie Künstlerlokale kennengelernt, in denen eine Ungezwungenheit herrschte, die ihr vorher fremd gewesen war. Schriftsteller, Maler, Musiker und andere Freigeister diskutierten freimütig über Politik, man spielte französische Chansons, an den Wänden hingen abstrakte Gemälde. Von sozialistischem Realismus keine Spur.

Ihre neuen Freunde Tána und Jiří kümmerten sich rührend um Dora, zeigten ihr die Sehenswürdigkeiten und auch die weniger hübschen Ecken. Die Prager Altstadt war in einem jämmerlichen Zustand, die Häuser dunkel, schmutzig-verrußt vom Braunkohlequalm der Schornsteine. Trotzdem verliebte sich Dora in die Stadt.

Sie erzählte Peter nichts von ihren Erlebnissen, spürte instinktiv, dass er es nicht gutheißen, geschweige denn verstehen würde.

Im Juni 1966 wurde Peter als einem der ersten Bürger der Republik der neue Wartburg 353 zugeteilt. Eine bildschöne, viertürige Limousine de luxe in Olympiablau mit weiß abgesetztem Dach. Ein Fahrzeug, das überall Neid erregte. Ein paar Wochen später überraschte er Dora damit, dass sie ihren Urlaub nicht wie geplant im Harz verbringen würden, sondern an der Elbe. Er hatte sich von einem Arbeitskollegen schon dessen Kolibri-Faltboot ausgeliehen.

»Und wo übernachten wir?«

»Überraschung! Warte es ab.«

Als Peter und Dora hinter Havelberg mit dem schwer bepackten Wartburg auf den schmalen Wirtschaftswegen die Elbe entlangfuhren, nahm die pastorale Stimmung der Gegend sie gefangen. Kurz vor dem Dorf Gnevsdorf hielt Peter vor einer alten Fischerkate.

»Aussteigen bitte ...«

»Was hast du vor?«

»Hier wohnen wir.«

»Hast du die Hütte gemietet?«

»Ich habe sie gekauft. Das Häuschen gehört allein uns.

Meine Eltern haben mir finanziell allerdings etwas unter die Arme gegriffen.«

»Wer hat sie dir denn verkauft?«

»Ein älterer Genosse aus Cottbus. Ihm ist die lange Anfahrt zu beschwerlich geworden. Ich musste einfach zuschlagen. So eine Gelegenheit bekommt man nicht oft.«

»Wieso hast du denn nicht mit mir darüber gesprochen?«

»Gefällt es dir nicht? Es sollte eine Überraschung sein.«

»Doch ... Es ist schön hier.«

Peter nahm seine Frau in die Arme.

»Dann bin ich ja beruhigt.«

Für Peter wurde es ein wunderbarer Urlaub. Sie machten täglich lange Paddeltouren, brieten hin und wieder einen Fisch, den er in der Elbe geangelt hatte, und liebten sich oft. Dora schien sich auch wohlzufühlen und Peter freute sich, dass er offensichtlich ihren Geschmack getroffen hatte.

Im September 1966 kam es allerdings zu einem verhängnisvollen Vorfall, dessen Tragweite sich Peter erst bewusst wurde, als es längst zu spät war. Der Jazzschlagzeuger Thomas Eberlein, der dem MfS bereits mehrfach aufgefallen war, wollte mit Unterstützung einer West-Berliner Fluchthilfe-Organisation aus der DDR fliehen. Durch eine Ungeschicklichkeit des Kuriers gelangte Peters Abteilung an die chiffrierte Post und erfuhr so von Eberleins Plänen.

Peter ließ den Jazzmusiker wegen »Vergehen gegen das Passgesetz« und »Verbindungsaufnahme zu einer verbrecherischen Organisation« von seinen Männern am frühen Morgen verhaften. Im Wechsel mit Anderen verhörte Peter den Schlagzeuger über Stunden hinweg. Er wollte die Namen der westlichen Mittäter und deren Kontaktpersonen in der Republik wissen, gönnte dem Jazzer keine Ruhepause. Das Verhör dauerte den ganzen Tag, die folgende Nacht und den nächsten Vormittag. Erst am Mittag wurde Eberlein für vier Stunden zum Schlafen in eine Zelle gesteckt.

Danach begannen erneut die Verhöre. Den Nachmittag, die Nacht, den ganzen nächsten Tag hindurch, ununterbrochen bis zum Abend. Wieder gab man Eberlein vier Stunden Pause.

Als Peter um Mitternacht das Verhör fortsetzen wollte, fanden sie den Jazzmusiker tot in der Zelle vor. Er hatte sein Hemd zu einem Strick gedreht und sich am Fensterkreuz erhängt. Peter wusste, wie in solchen Fällen zu verfahren war und setzte die entsprechende Prozedur in Gang.

Nach der Untersuchung des Toten durch einen Arzt des MfS, der die Sterbeurkunde ausstellte, gab die Staatsanwaltschaft Eberleins Leiche zur Bestattung frei.

Als einzige Angehörige wurde seine Schwester Lena Eberlein ermittelt und von der Staatsanwaltschaft einbestellt. Dort wurde ihr in einem intensiven Gespräch nahegelegt, dass es das Beste sei, wenn ihr Bruder eingeäschert werden würde. Unter dem Druck verzichtete die junge Frau auf eine Obduktion.

Nach ihrem nächsten Pragaufenthalt im Oktober, bei dem Dora für die Frühjahrskollektion Fotoaufnahmen auf der Karlsbrücke organisiert hatte, kam sie nach Berlin zurück –

erneut sichtlich verändert, doch dieses Mal alles andere als beschwingt. Peter hielt sich bedeckt, fragte nicht nach und wartet auf das Wochenende, das sie in ihrer Fischerkate verbringen wollten.

In Gnevsdorf kochte Peter das Abendessen, er hatte dafür extra einige besonders schmackhafte Leckerbissen besorgt. Doch während sie aßen, schwieg Dora. Schließlich hielt Peter es nicht mehr aus.

»Was hast du, Dora? Was ist bloß los?«

»Arbeitest du beim Ministerium für Staatssicherheit?«

»Wie kommst du darauf?«

»Eine der Mannequins, mit der ich in Prag gearbeitet habe, hat es mir gesagt. Du hättest mit dafür gesorgt, dass ihr Bruder in den Tod getrieben wurde.«

»Wie heißt der Bruder?«

»Eberlein … Thomas Eberlein.«

»Hör zu, ich leite eine Abteilung, die sich um den Jazz in unserer Republik kümmert. Das weißt du doch. Das ist eine Abteilung des Ministeriums für Kultur und nicht der Staatssicherheit. Aber es liegt in der Natur der Sache, dass ich hin und wieder mit der Staatssicherheit zu tun habe.«

»Lena Eberlein hat behauptet, du hättest ihren Bruder tagelang verhört, bis er keinen Ausweg mehr gesehen und sich erhängt hat.«

»Das ist Unsinn. Man hat mich teilweise zu den Verhören hinzugebeten, um auf den Musiker einzuwirken, damit er kooperiert. Thomas Eberlein war leider ein Querulant, der es sich unnötig schwer gemacht hat. Sich und anderen. Ich habe mich trotzdem für ihn eingesetzt. Er wäre übrigens auf meinen Rat hin am nächsten Tag entlassen worden. Seine Tat war völlig unnötig.«

»Und das stimmt alles?«

»Ja, Dora, du musst mir glauben. Mir geht es nur um den Jazz. Ich kämpfe jeden Tag darum, dass die Jazzer die Musik spielen können, die ihnen vorschwebt. Und ich versuche wirklich alles, um jedem von ihnen aus der Patsche zu helfen, wenn sie mal mit den Sicherheitsorganen aneinandergeraten sind. Ein fauler Apfel kann viel kaputt machen.«

»War Eberlein ein fauler Apfel?«

»Das war er. Ohne Rücksicht auf seine Freunde und Kollegen hat er die Republikflucht geplant. Skrupellos, worunter alle anderen in Zukunft zu leiden haben. Er war ein durch und durch verfaulter Apfel. Wenn auch ein toller Schlagzeuger.«

»Gut, dann lassen wir die Sache ruhen.«

Peter griff nach Doras Hand. »Das ist sicherlich das Beste, Liebes.«

Obwohl es aussah, als habe Peter seine Frau von seiner Aufrichtigkeit überzeugt, blieb die Beziehung zwischen den beiden angespannt. Sie sahen sich immer seltener, und wenn sie es dann taten, kam es oft zum Streit, selbst bei Belanglosigkeiten. Dora nahm jede Gelegenheit wahr, in Prag beim Aufbau der Schwesterzeitschrift zu helfen. Hin und wieder fragte Peter, ob er sie nicht mal begleiten könne, doch seine Frau hatte immer eine neue Ausrede parat, um das abzuwimmeln. Peter redete sich ein, dass es sich bei diesen Ausreden um gute Gründe handelte. Im Winter 1966/67 hatte sie dann plötzlich auch keine Lust mehr, mit Peter nach Gnevsdorf zu fahren. Es sei ihr dort zu kalt, zu ungemütlich. Erneut sagte er sich, dass es nachvollziehbar sei; ein guter Grund, keineswegs eine Ausrede, denn Dora hatte schließlich schon immer leicht gefroren. Peter fuhr ein paarmal alleine, ließ es dann ebenfalls sein.

Ab Anfang des neuen Jahres schlief Dora auch nicht mehr mit ihm, erklärte es mit hormonellen Schwankungen, war deswegen angeblich in ärztlicher Behandlung.

Peter zeigte sich monatelang verständnisvoll, hoffte auf ihren Hochzeitstag Ende Mai, den er mit Dora in Dresden verbringen wollte.

Wieder gab er sich alle Mühe, bestellte ein festliches Menü im Restaurant *Friedensklause,* besorgte beste Karten für ein Konzert der Sächsischen Staatskapelle und buchte eine Übernachtung im *Interhotel.* Er hatte sogar dafür gesorgt, dass sie eine Flasche eisgekühlter Rotkäppchen-Sekt erwartete, als sie spätabends ihr Zimmer betraten.

Nachdem sie zwei Gläser im Bett getrunken hatten, wollte Peter zärtlich werden. Doch wie immer wich Dora zurück.

»Es ist heute unser Hochzeitstag!«, brach es aus Peter heraus.

»Trotzdem habe ich jetzt Kopfschmerzen. Ich möchte schlafen.«

Eine weitere Ausrede. Peter spürte, wie in ihm plötzlich Wut auflodderte.

»Ich aber nicht!«

Peter warf Dora aufs Bett und drang brutal in sie ein. Er brauchte nicht lange, bis er zum Erguss kam. Dora ließ die Attacke fassungslos über sich ergehen und drehte ihm den Rücken zu, als er sich von ihr herunterwälzte.

Die Wut ebbte ab und an ihre Stelle trat blankes Entsetzen. Er streckte eine Hand aus, wagte es jedoch nicht, ihre Schulter zu berühren.

»Tut mir leid, Liebes. Entschuldige bitte. Aber ich ... du ...« Peter suchte nach einer Ausrede für sein Handeln, doch er fand keine.

In der zweiten Juniwoche 1967 fuhr Dora abermals nach Prag, wo die Situation für Tána und Jiří immer angespannter wurde. In den vergangenen Jahren hatte sich bei ihren Freunden und den meisten ihrer Bekannten zu viel Desillusionierung über die ČSSR angestaut und alle hofften auf ein Ventil, das diesen Druck endlich rauslassen würde. Sie klagten darüber, dass sie sich eingesperrt fühlten, dass die Státní bezpečnost, die Geheimpolizei, sie überall bespitzeln würde. Entweder sie müssten jetzt endlich das Land verlassen, oder offen für Veränderungen kämpfen.

Dora fragte, ob es denn überhaupt möglich sei, aus der ČSSR in den Westen auszureisen und bekam die Antwort, dass es einen Weg gäbe. Nicht ganz leicht und nicht ganz ungefährlich, aber das hätten schon einige gewagt.

Zurück in Berlin stellte Dora bestürzt fest, dass ihre Monatsblutungen ausblieben. Sie wartete noch einige Tage und suchte dann eine Ärztin auf. Die gratulierte ihr zur Schwangerschaft.

Dora geriet in Panik. Das Kind war von Peter. Dem Mann, den sie unbedingt verlassen wollte. Es gab nur einen Weg, und den war sie entschlossen zu gehen. Sie sagte Peter, dass sie Anfang August erneut für eine Woche nach Prag fahren müsse, weil sie wieder einen Auftrag erhalten hätte.

5

Am 3. August traf Dora sich in Prag erneut mit ihren Freunden. Sie erklärte ihnen, dass sie in den Westen flüchten wolle. Ob die beiden ihr dabei helfen könnten.
»Wann willst du es tun?«
»So schnell es geht. In den nächsten Tagen. Ich habe nicht mehr viel Zeit.«
Tána und Jiří tauschten einen Blick aus, dann nickten beide.
»Gut, wir werden dir einen Kontakt herstellen«, sagte Tána. »Wir holen jemanden, der so was schon öfter organisiert hat.«
Jiří verließ die Wohnung und kam eine Stunde später mit einem kleinen untersetzten Mann zurück. Er lächelte verschmitzt und erinnerte Dora dabei an den Hundefänger Josef Schwejk aus Jaroslav Hašeks weltberühmtem Roman. Er hieß Miroslav, hatte riesige vernarbte Pranken, die Berufsmale des Steinbildhauers. Jiří hatte seinen Freund bereits in Doras Plan eingeweiht.
»Du möchtest also mal Wien kennenlernen. Das kann ich verstehen. Eine schöne Stadt.«

»Du könntest mich da wirklich hinbringen?«
Miroslav nickte.
»Ist das teuer?«
»Nein. 500 Kronen. Hauptsächlich für Benzin.«
»Die habe ich. Und wie läuft das Ganze ab?«
»Ich würde dich mit dem Wagen zur March bringen. Zu einer Stelle, wo der Fluss die Grenze zu Österreich bildet. Da müsstest du dann hinüberschwimmen. Am anderen Ufer nehmen dich meine Freunde in Empfang und fahren dich direkt nach Wien.«
»Das klingt gut. Aber ist es ... ich meine, ist es gefährlich? Kann man von den Grenzern geschnappt werden?«
»Bislang habe ich noch jeden heil hinübergeschafft. Bei dir wird es nicht anders sein. Du kannst mir vertrauen.«
»Und wenn ich doch geschnappt werde?«
»Dann wirst du binnen Stunden nach Berlin ausgeliefert. Und was dich dort erwartet, weißt du ja sicher.«
Dora nickte.
»Vielleicht überlegst du es dir noch einmal. Wir müssen ja nichts überstürzen.«
»Nein. Mein Entschluss steht fest. Wann könntest du es frühestens organisieren?«
»Übermorgen. In aller Frühe.«
»Dann lass es uns machen.«
Dora holte einige Geldscheine aus ihrer Börse und legte sie vor Miroslav auf den Tisch.
Er zählte sie durch, schob dann sechs 50-Kronen-Banknoten zurück.
»500 Kronen. Mehr will ich nicht.« Der Fluchthelfer

steckte das Geld ein und erhob sich. »Besorg dir einen Badeanzug und zieh ihn unter deiner Kleidung an. Ich werde dich Sonntagmorgen gegen vier Uhr abholen.«

»Danke.«

Er nickte und verließ dann mit Jiří die Wohnung.

Schlagartig ließ Doras Anspannung nach und sie begann zu weinen.

»Alles wird gut«, sagte Tána und streichelte den Arm ihrer Freundin. »Du kannst Miroslav vertrauen. Er ist ein ehrlicher Mann. Freu dich lieber, dass du bald in Freiheit bist. Ich beneide dich wirklich.«

»Du und Jiří, ihr könnt doch mitkommen.«

»Das wäre schön, aber das geht nicht. Wir haben Pläne, wie wir unser Land vielleicht doch noch verändern können.«

Zwei Tage später holte Miroslav im Morgengrauen Dora in ihrem Hotel ab. Mit einem uralten Škoda aus der Vorkriegsproduktion fuhren sie nach Brno, von dort aus weiter in Richtung Bratislava. Während der Fahrt sprachen die beiden kaum ein Wort. Nach dreieinhalb Stunden hatten sie ihr Ziel erreicht. Hinter dem Dorf Sekule bog er auf eine schmale Landstraße ein.

An einem Stacheldrahtzaun, der offensichtlich präpariert worden war, stieg er aus, hob einen Befestigungspfahl aus dem Erdreich und schuf so eine Lücke für den Škoda. Dann setzte er sich wieder hinter das Lenkrad und nach weiteren 100 Metern erreichten sie das Ufer der March.

»Es muss schnell gehen. Beeil dich.«

Dora zog sich bis auf den Badeanzug aus und er nahm ihr die Kleidung ab.

»Meine Freunde geben dir trockene Sachen. Viel Glück.«

Dora umarmte den Fluchthelfer und glitt dann in den Fluss. So schnell sie konnte, schwamm sie hinüber zur österreichischen Seite. Als sie dort aus dem Wasser stieg, hatte der Škoda am anderen Ufer bereits gewendet.

Eine junge Frau kam aus dem Uferdickicht und legte ihr ein Badetuch um die Schulter.

»Du bist in Sicherheit. Komm.«

6

Als Dora nach zehn Tagen noch immer nicht aus Prag zurückgekommen war, begann Peter, sich Sorgen zu machen. Er fuhr zur Redaktion der *Sibylle* und sprach mit der Chefredakteurin.

»Nein, Ihre Frau ist nicht in Prag. Jedenfalls nicht im Auftrag unserer Zeitschrift. Sie hat Urlaub genommen.«

»Ach so … Ich …«

»Wussten Sie das nicht, Herr Körber?«

»Doch schon, aber … ich hatte angenommen, sie würde die Zeit in Prag verbringen und nebenbei ein wenig arbeiten.«

»Nicht für die *Sibylle*.«

»Das habe ich verstanden. Dora hat mir eine Hoteladresse in Prag aufgeschrieben, aber aus Versehen habe ich den Zettel verschusselt.«

»Warten Sie ...«

Die Chefredakteurin suchte auf ihrem Schreibtisch und schrieb dann eine Adresse auf.

»Unsere Mitarbeiterinnen wohnen für gewöhnlich im Hotel *Fortuna*. Vielleicht versuchen Sie es dort einmal.«

»Danke. Das mache ich.«

Peter nahm sich zwei Tage frei und fuhr am nächsten Tag nach Prag. Im Hotel *Fortuna* bestätigte man ihm, dass Dora wie üblich dort gewohnt, das Haus aber am Sonntagmorgen verlassen habe. Ein Prager Freund, den sie gut zu kennen schien, hätte sie um vier Uhr früh abgeholt. Wohin seine Frau mit ihm gefahren sei, konnte man allerdings nicht sagen.

»Wie sah der Mann denn aus?«

»Ein kleiner, untersetzter Typ. Mit Arbeiterhänden. Vielleicht Mitte vierzig.«

»Dann weiß ich, wer es war. Danke.«

Doch Peter wusste es nicht. In welcher Beziehung standen die zwei zueinander?

Er fuhr zurück nach Berlin, tief beunruhigt. Was war geschehen? Was hatte dieser sogenannte Freund mit Dora angestellt?

Am nächsten Tag suchte Peter seine Schwiegereltern auf. Er traf sie völlig aufgelöst an. Eine Stunde zuvor hatte ihre Tochter angerufen. Aus Wien. Dora sei jetzt im Westen und werde nicht in die Republik zurückkehren.

Peter stand wie versteinert da. Seine Schwiegereltern sagten noch etwas, doch in Peters Ohren hallte wieder und wieder »im Westen« nach. Republikflucht. *Seine* Frau. Aber das war unmöglich, das würde sie ihm nicht antun. Sie waren doch glücklich miteinander gewesen! Peter war geschockt, verwirrt. Was sollte er jetzt machen? Wem konnte er sich anvertrauen, wer könnte ihm sagen, was es nun zu tun galt? Grischa war nicht zu erreichen und er wusste nicht, mit wem er sich sonst aussprechen konnte. Seine Eltern schieden aus, mit dieser Situation würde er sie heillos überfordern.

So wandte er sich an Horst Bialek.

»Und du bist absolut sicher, dass Dora Republikflucht begangen hat?«

»Ja. Es ist eindeutig.«

»Dann gibt es nur eins, Peter: Du musst es umgehend deinen Vorgesetzten mitteilen. Je eher, desto besser.«

Peter, dankbar für die klare Anweisung, machte sich direkt auf zum Büro von Oberst Siegmar Frohberg. Er ignorierte das mulmige Gefühl, das ihn bei dem Gedanken daran beschlich, was er nun tun würde. Denn Horst Bialek hatte recht – es zu melden, war der richtige Weg. Es war seine Pflicht. Und Dora war bereits fort, ihr würde nichts mehr passieren. Einzig seine Zukunft stand nun auf dem Spiel. Und als er in Oberst Frohbergs Büro saß und seine Frau meldete, fühlte er sich im Recht. Dora hätte mit ihm reden können, ihm eine Chance geben können. Doch sie hatte sich dazu entschieden, ihn ins Messer laufen zu lassen, und Peter musste nun die Konsequenzen ausbaden.

»Es gibt keinerlei Zweifel, dass Ihre Frau republikflüchtig geworden ist, Genosse Oberleutnant?«

»Nein. Leider.«

»Gut. Wenn Sie mich einen Moment entschuldigen wollen ...«

Frohberg ging in einen Nebenraum und schloss die Tür hinter sich zu. Es dauerte ganze zehn Minuten, bis der Oberst zurückkam. In der Zeit steigerte sich Peters Nervosität und als er das ausdruckslose Gesicht von Frohberg sah, musste er schwer schlucken. Das mulmige Gefühl wurde stärker.

»Kommen Sie, der Genosse Minister möchte Sie sehen.«

Kaum hatten er und Frohberg das Büro betreten, schrie Erich Mielke Peter an, brüllte mit einer Lautstärke, die ihn zusammenzucken ließ.

»Deine Frau hat Republikflucht begangen, Genosse? Sag mir, dass das nicht wahr ist! Sag es!«

»Ich habe es selber gerade erst ...«

»Halt deine Schnauze, du Niete! Du willst mir doch nicht sagen, dass du nicht bemerkt hast, dass deine Drecksschlampe zum Klassenfeind übergelaufen ist? Du steckst doch mit ihr unter einer Decke!«

Die Worte trafen Peter wie Schläge. Fahrig suchte er nach einer Ausrede, irgendwas, das die Situation entschärfen und Mielke beruhigen konnte. »Nein, ich ...«

»Maul halten, du Versager! Ein Tschekist, dessen Scheißkuh Republikflucht macht, das ... das habe ich noch nie gehört. Und ich bin seit Jahrzehnten mit allen Vorgängen betraut.«

»Sie hat mich hintergangen, Genosse Minister!«, platzte

es aus Peter heraus. Und es war die Wahrheit. Dora hatte ihn in dem Augenblick hintergangen, als sie ohne ein Wort aus der Republik, aus ihrem Haus, aus Peters Leben geflohen war. Doch seine Worte halfen nicht.

»Für dich Herr Minister. Ich dachte, du wärst ein pfiffiges Köpfchen, einer, der es zu was bringen wird! Aber du ... du hast ein kaltes Herz und schmutzige Hände. Du bist kein Tschekist, du bist ein Verbrecher!«

Peter riss sich mühsam zusammen. »Ich hätte es sofort gemeldet, wenn ich ...«

Mit einer harschen Bewegung schnitt ihm Mielke das Wort ab. »Was sollen wir mit ihm machen, Genosse Oberst?«

»Eine Degradierung wäre in dem Fall sicherlich angebracht.«

»Nein, nein, so leicht lass ich den Schweinehund nicht davonkommen. Nehmen Sie ihn in Haft, Genosse Frohberg. Ich werde mir eine angemessenere Strafe überlegen.«

Die nächsten zwei Wochen verbrachte Peter in Einzelhaft. Er bekam keinen Besuch, wurde auch zu keinem Verhör geholt. Nur einmal suchte ihn Horst Bialek in der Zelle auf. Er war völlig verändert, von seiner bisherigen Freundschaft zu Peter war nichts mehr zu spüren.

»Man hat mich zum Major befördert, Genosse Körber, und in die Hauptabteilung XX versetzt.« Bialek zeigte ein süffisantes Lächeln. »Ich leite ab sofort die Abteilung Jazz.«

»Gratuliere.« Peter war ersetzt worden. So leicht ging das. Er hatte immer angenommen, unentbehrlich zu sein, aber er war eben doch nur ein kleines Teil in einer großen Maschine. Und wenn ein Teil beschädigt war, musste Ersatz her.

»Gibt es Dinge, die ich vielleicht wissen müsste? Du hast einige Inoffizielle Mitarbeiter, die ich in unserer Kartei nicht finden kann. Es wäre nett, wenn du mir die Namen nennst.«

So einfach würde Peter es ihnen nicht machen. Ein kleines Teil mochte er vielleicht sein, doch leicht konnte man ihn nicht austauschen. »Das geht nicht, Horst. Ich habe ihnen versprochen, dass ich sie raushalten werde. Es sind alte Freunde, die noch aus meiner Schulzeit stammen.«

»Ja und? Das interessiert mich nicht. Gib mir einfach die Namen. Und zwar alle. Sonst …«

»Was sonst?«

»Sonst lasse ich mir einen Termin bei Erich Mielke geben. Dann wanderst du bis ans Ende deiner Tage in den Bau. Wenn dem Genossen Minister nicht noch was Schlimmeres einfällt.«

Peter war klar, dass er verloren hatte. Dieses Schlimmere, von dem Bialek sprach, kannte er nur zu gut, hatte es selbst oft genug miterlebt. Sich dem auszusetzen wäre sinnlos, denn der Ausgang stand von Anfang an fest. Also zählte er die Namen seiner Freunde auf.

Nach Tagen brachte man ihn erneut in Mielkes Büro. Der Minister saß hinter seinem Schreibtisch, Peter musste in Hab-Acht-Haltung davorstehen.

»Du hast Glück, die ČSSR hat letzte Woche die alte

Grenzordnung wieder in Kraft gesetzt, nachdem wir den Genossen mächtig Dampf unter den Ärschen gemacht haben. Gestern hat ein tschechischer Grenzer so ein Dresdner Dreckschwein bei der Grenzverletzung abgeknallt. Ist in der March abgesoffen. Das stimmt mich milde.«

Peter schwieg und schaute zu Boden.

»Schau mich an, wenn ich mit dir rede.«

»Jawohl.«

»Ich habe nachgedacht. Folgendes kann ich dir anbieten: Entweder du gehst für mindestens zwanzig Jahre in den Knast und wirst danach zu deiner feinen Gattin in den Westen abgeschoben oder …«

Der Minister für Staatssicherheit verstummte.

Peter wartete, blickte in Mielkes verächtliches Gesicht. »Oder, Herr Minister?«

»Oder du übernimmst eine Position, die seit Kurzem unbesetzt ist, und schaffst es so, dich zu rehabilitieren.«

Peter atmete aus. Rehabilitation bedeutete, dass er noch einen Zweck hatte, dass sie ihn noch brauchten. Egal, was es war, er würde es tun und von Anfang an darauf achten, sich unersetzbar zu machen. »Ich wäre Ihnen sehr dankbar für so eine Chance, Herr Minister.«

»Du wirst aber aus dem MfS entlassen und ins Ministerium des Inneren versetzt, und zwar in den Strafvollzug. Der übernimmt dich sogar als Hauptmann. Bist du damit einverstanden?«

»Selbstverständlich.«, Peter spürte eine Welle der Erleichterung. Ein Einstieg als Hauptmann würde es ihm deutlich leichter machen. »Vielen Dank, Herr Minister.«

»Gut. Du wirst dort Stellvertretender Anstaltsleiter und in der Strafvollzugseinrichtung Leipzig zusätzlich auch die Aufgaben des Scharfrichters übernehmen.«

Peter hielt inne. »Ich verstehe nicht ...«

»Du sollst dort die Hinrichtungen durchführen.«

»Sie meinen, ich soll Straftäter hängen?«

»Hängen? Quatsch! Du wirst den Abschaum mit der Pistole eliminieren. Wir sind ja schließlich nicht mehr im Mittelalter.«

»Das kann ich nicht«, stammelte Peter und die Erleichterung, die er eben noch verspürt hatte, schlug in Entsetzen um.

»Und ob du das kannst. Das liegt dir nämlich im Blut, mein helles Köpfchen aus dem Wedding.« Mielke sah ihn von oben herab an. Dann sagte er die Worte, die Peters Körper erstarren und jegliche Gedanken zum Stillstand kommen ließen. »Dein leiblicher Vater Fritz Wernicke war der wichtigste Henker des Nazipacks.«

Peter spürte, wie er langsam den Kopf schüttelte. »Das ist ... unmöglich.«

»Willst du sagen, dass ich lüge, du Lump?«, schrie Mielke.

Peter schluckte gegen den Kloß in seinem Hals an. Er versuchte, sich zusammenzureißen. »Ich habe meinen Vater nie kennengelernt. Ich weiß es nicht.«

»Aber ich weiß es. Ich habe mir seine Akte besorgen lassen. Dein feiner Erzeuger hat Tausenden unserer tapfersten Genossen die Rübe abgehackt. Du kannst mächtig stolz auf ihn sein.«

Peter kamen die Tränen.

»Fängst du jetzt noch an zu flennen?«

»Nein, Herr Minister.«

»Dann entscheide dich … Du kannst die nächsten Jahrzehnte isoliert von anderen Gefangenen in einer Einzelzelle hocken oder dich in einer Strafvollzugseinrichtung rehabilitieren.«

»Eine andere Wahl habe ich nicht?«, fragte Peter kaum hörbar. Er kannte die Antwort bereits.

»Mensch, du Kanaille, überspann den Bogen nicht. Entscheide dich! Ich gebe dir einen Tag Bedenkzeit. Das ist mehr, als du verdient hast. Und jetzt hau ab!«

Peter war noch immer vollkommen fassungslos, als er hinaus auf die Straße trat. Nach langer Zeit in Gewahrsam sollte ihm die frische Luft guttun, doch stattdessen brannte sie in seinen Lungen. Es konnte einfach nicht wahr sein. Hatte Edith ihm tatsächlich all die Jahre lang verheimlicht, was sein Vater getan hatte? Tante Edith, die für ihn wie eine Mutter war, hatte ihm die grausame Wahrheit über seinen Vater verschwiegen? Von Mielke hatte er es auf grausamste Weise erfahren müssen, ohne Vorwarnung! In Peters Kopf kreisten die Gedanken: Konnte es tatsächlich die Wahrheit sein, war er der Sohn eines Nazi-Henkers? Es gab nur einen Weg, Gewissheit zu bekommen. Er machte sich auf den Weg zu seinem Elternhaus.

Paul freute sich, als Peter überraschend vor der Tür stand. Aber Edith sah ihm gleich an, dass etwas nicht stimmte. Sie setzte an, etwas zu sagen, doch Peter ließ sie nicht zu

Wort kommen. All die Jahre hätte sie die Gelegenheit gehabt zu reden. Jetzt war es zu spät.

»Stimmt es, dass mein leiblicher Vater ein Henker der Nazis war?«

Edith wich die Farbe aus dem Gesicht. »Wie ... woher?«

»Das ist egal. Stimmt es?«

Sie senkte den Kopf und nickte. »Ich wollte dich damit nicht belasten. Nur deshalb habe ich geschwiegen. Ich habe mit Fritz, deinem Vater, auch nie darüber gesprochen. Er ...« Edith unterbrach sich, ging ins Schlafzimmer und kam nach einiger Zeit mit einem verschnürten Paket in den Händen zurück. »Er gab mir diese Bücher für dich, das letzte davon hat er mir kurz vor seinem Tod geschickt. Ich habe sie die ganze Zeit im Kleiderschrank aufbewahrt. Irgendwann hätte ich sie dir noch gegeben. Das musst du mir glauben, Peter.«

Sie sah ihn flehentlich an. Doch Peter hatte für sein Leben genug Ausreden gehört. Er nahm ihr das Paket aus den Händen, ohne sie anzusehen. Sie machte ein Geräusch, das wie ein Schluchzen klang, doch er beachtete sie nicht. Er legte es auf das Tischchen im Flur und löste die Bindfäden. Darin lagen sechzehn Notizbücher, durchnummeriert und mit Jahresangaben versehen. Von 1927 bis 1946. Er schlug die erste Kladde auf. Es war das Tagebuch eines gewissen Fritz Wernickes. Sein früh verstorbener Vater, an den er nicht die geringste Erinnerung hatte.

Das Paket in den Händen, wandte sich Peter zum Gehen. Edith rief ihm hinterher, doch bitte zu bleiben und darüber zu reden. Peter ignorierte sie. Paul legte ihm eine Hand auf die Schulter, um ihn zurückzuhalten. Paul schüttelte ihn ab. Die beiden wussten nicht, dass seine Ehe gescheitert war, wussten nichts von Doras Flucht in den Westen. Genauso wenig wie sie wussten, dass ihr Schweigen Mitschuld an Peters aussichtsloser Lage hatte. Das alles spielte auch keine Rolle mehr.

Zu Hause begann Peter zu lesen.

Teil 2
(1924-1946)

7

»Nun beginnt endlich das richtige Leben! Jetzt muss ich nicht mehr das Bett mit meinen Brüdern teilen, sondern habe zum ersten Mal ein eigenes, ganz für mich allein.«

Außer Fritz Wernicke schlief in dem Mansardenzimmer nur noch Rudi Schierch, ein Schlachterlehrling im zweiten Jahr, der aus Friedrichshagen stammte.

Die schmale Kammer unter dem Hoteldach war unbeheizt, hatte weder Toilette noch Spülbecken. Aber immerhin eine Schüssel mit Waschwasser, das allerdings im Winter regelmäßig gefror.

»Morgen früh musst du als Erstes das Wasser aufhacken, Fritz. Das übernimmt immer der jüngste Lehrling. Verstehst du sicher.«

»Klar, Rudi, mach ich.«

»Gut. Wie alt biste eigentlich?«

»Ich bin Jahrgang 1910 und werde bald 14.«

»Und du kommst aus Berlin?«

»Aus'm Wedding.«

Ein Vetter seiner Mutter hatte Fritz die Lehrstelle im Hotel *Excelsior* in der Königgrätzer Straße vermittelt. Es war das beste Haus am Platz, direkt gegenüber vom Anhalter Bahnhof. Alles hochmodern und exakt nach amerikanischem Vorbild erbaut. In jedem Zimmer gab es fließend Wasser – warm und kalt – sowie ein Telefon. Man hatte ihn und die anderen neuen Lehrlinge am Morgen durch das ganze Hotel geführt. Es war einfach unbeschreiblich, so was hatte Fritz noch nie gesehen. Er kam aus einer anderen Welt. Hatte nie etwas anderes gekannt als Meyers Hof in der Ackerstraße – die Mietskasernen und ärmlichen Hinterhöfe, wo Kinder zwischen Mülleimern und Teppichstangen herumlungerten. Fahle Gestalten, die auf ausgetretenen Stiegen hockten oder in dumpfen Wohnküchen eng beieinander saßen und ihre Suppe löffelten, während der Vater in der Fabrik arbeitete. Kaum zu glauben, dass seine Ackerstraße in derselben Stadt sein sollte wie dieses Hotel, nicht mal eine Stunde entfernt. Dort fehlte es oft am Allernötigsten und hier gab es alles im Überfluss. Schließlich war das *Excelsior* das größte Hotel auf dem europäischen Festland.

Als Kellnerjunge fängt man natürlich ganz unten an, ist der Prügelknabe für die älteren Lehrlinge und für manch übel gelaunte Vorgesetzte. Das war im Hotel *Excelsior* wie überall. Es wurde von Fritz erwartet, dass er Überstunden schob und jederzeit für einen erkrankten Kollegen einsprang. Selbstverständlich unentgeltlich, obwohl der Lohn schon niedrig genug war. Der wurde im *Excelsior* aufgerechnet gegen Kost und Logis, sodass kaum etwas übrig blieb.

Trotzdem machte ihm die Arbeit Spaß. Jeden Tag lernte Fritz etwas Neues, nicht nur beim Servieren, Vorlegen oder Tranchieren, beim Flambieren, Dekantieren und Filetieren, sondern auch in gesellschaftlichen Belangen. Er studierte die Gäste aus aller Welt, die im *Excelsior* abstiegen, prägte sich ein, wie die vornehmen Leute sich benahmen, merkte sich ihre Gesten, registrierte, dass sie die Dienstkräfte zumeist kaum eines Blickes würdigten. Aber auch daraus machte er sich nichts.

»Fritz, du bist der geborene Kellner. Du wirst es noch weit bringen. Mein Wort darauf«, sagte Herr Rosenzweig, der Maître d'hôtel in den *Askanier-Stuben,* dem vornehmsten Restaurant des *Excelsior.* Er hatte Fritz Wernicke schon bald unter seine Fittiche genommen und dafür gesorgt, dass er nur noch in seinem Restaurant eingesetzt wurde.

»Vielen Dank, Herr Rosenzweig. Das ist sehr gütig.«

»Du musst nur noch mehr Sprachen lernen. Englisch, Französisch und Italienisch sollte man unbedingt beherrschen, Fritz. Jedenfalls, wenn man in unserem Beruf die Spitze erklimmen will. Das gehört einfach dazu.«

»Ich büffle Französisch, Herr Rosenzweig. Jeden Abend eine halbe Stunde. Und das eisern.«

»Sehr schön. So wirst du den Wünschen deiner Gäste immer besser nachkommen können. Und das allein ist es, was zählt.«

Gegen Ende seines dritten Lehrjahres beherrschte Fritz die Konversation mit den Englisch, Französisch und Italienisch sprechenden Gästen schon annähernd perfekt. So war es nur selbstverständlich, dass das Hotel *Excelsior* ihn nach seinem Lehrabschluss als Commis de Rang übernahm. Die Arbeit blieb nach wie vor sein alleiniger Lebensinhalt. Fritz erweiterte unermüdlich seine fachlichen Kenntnisse, verbesserte seine Umgangsformen und besuchte lediglich an jedem dritten Sonntag seine Familie im Wedding. Dabei war er jedes Mal froh, wenn die Besuche vorüber waren.

Sein Vater hatte nie ein gutes Wort für ihn übrig. »Mein Jott! Jetzt och noch Fremdsprachen …«, sagte er einmal, als sie in der Küche beisammensaßen. Er hatte schon am Nachmittag zu viel getrunken und seine Augen waren glasig. »Dann biste jetzt wohl was Besseres? Lässte dich deshalb so selten hier blicken?« Fritz wusste gar nicht, was er darauf sagen sollte. Der Vater hätte doch auf seinen Fleiß stolz sein können. Auch die Brüder und die Mutter bekamen ihren Mund nicht auf. Nur seine jüngere Schwester Edith sprang ihm bei: »Der Fritz will eben was aus seinem Leben machen. Was ist denn daran schlecht?« Der Vater winkte ab: »Soll er doch. Von mir aus braucht er jar nich mehr zu kommen, dann hat er noch mehr Zeit zum Lernen.«

Und das tat Fritz dann auch. Es sollte sein letzter Besuch gewesen sein. Beim Abschied umarmte er Edith und die Mutter. Das hatte er noch nie zuvor getan. »Du musst an dich denken, Fritz. Aber vergiss mich nicht ganz«, flüsterte ihm Edith zu, als hätte sie seine Entscheidung gespürt. »Ganz bestimmt nicht«, sagte Fritz. Er ging über die Höfe, aus den Fenstern hallten Kinderstimmen und Geschrei und es roch nach feuchtem Mauerwerk und Eintopf.
Er trat auf die Straße, ohne sich noch einmal umzudrehen. Ihm war schwer ums Herz, aber er wusste, dass er den eingeschlagenen Weg alleine gehen musste und, dass es der richtige war.

»Ich habe da ein Mädchen kennengelernt, die hat eine unheimlich süße jüngere Schwester, Fritz. Soll ich sie dir mal vorstellen?«, fragte Rudi, sein Mansardenkamerad, als sie später am Abend schon in ihren Betten lagen.

»Nein, ich möchte mir erst einmal im Leben eine Stellung erarbeiten. Ich will der Beste in meinem Fach sein.«

Den Mädchen nachzustellen, wie es Rudi in jeder freien Minute tat, davon hielt Fritz nichts. Er träumte von einer Karriere als Hoteldirektor, womöglich seines eigenen Hauses. Dafür sparte er, so viel es ging. Jede Reichsmark, die er als Trinkgeld bekam, wanderte sofort in seinen Sparstrumpf.

Nur ein Notizbuch leistete sich Fritz. Ein schweres, gebundenes Exemplar mit 280 Seiten. Darin wollte er alles eintragen, was auf dem Weg zu seinem großen Ziel von Bedeutung war. Alle wichtigen Momente und Erlebnisse, seine Gefühle und Erfahrungen. Es sollte eine Gedächtnisstütze sein und eine ständige Mahnung, nicht vom rechten Pfad abzuweichen.

Nicht nur wegen seiner Fremdsprachenkenntnisse, sondern auch wegen seiner Feinfühligkeit setzte Herr Rosenzweig Fritz bevorzugt ein, wenn im Restaurant ein ungewöhnlicher oder ein ausgesprochen schwieriger Gast eine besonders aufmerksame Betreuung erforderte. Denn Fritz kam mit jedem zurecht. Deshalb beförderte die Hoteldirektion ihn bereits zwei Jahre nach seinem Abschluss zum Demichef de Rang.

Herr Rosenzweig hatte sich für ihn richtig stark gemacht. Sein Zögling war gerade mal neunzehn Jahre, in einem Alter also, in dem sich die meisten seiner Kellnerkollegen noch mit weitaus niedrigeren Posten begnügen mussten. Der Demichef de Rang war eine Position, die Fritz mit großer Freude erfüllte und die enormes Ansehen mit sich brachte.

Doch bei einigen der älteren Kollegen, die beruflich nicht so schnell vorankamen, stieß er immer öfter auf Ablehnung. Regelmäßig zerrissen sie sich die Mäuler über den arroganten Jungspund, der sie zu beaufsichtigen hatte und ihnen Befehle erteilte.

»Fritze macht wieder auf dicke Hose heute.«
»Den sollte sich mal jemand vorknöpfen.«
»Genau, ihm die Impertinenz rausprügeln.«
»Vorsicht, dann haste gleich den Rosenzweig am Hals. Und der sticht bekanntlich!«
»Der Rosenzweig, der verdammte Itzig, tut alles, damit sein Musterschüler es schön bequem hier hat.«

Sowie Fritz zu den Kollegen trat, verstummten die Gespräche. Trotzdem bekam er genügend mit, um sich den Rest ihrer gehässigen Unterhaltung ausmalen zu können.

Fritz schluckte zunächst alle Anfeindungen hinunter und sah über viele Schikanen hinweg, doch dann wurde ihm klar, dass etwas passieren musste.

»Herr Rosenzweig, es geht nicht mehr. Die Kollegen hassen mich.«

»Sie beneiden dich, Fritz, das ist kein Hass. Du bist eben in allem besser als sie. Und sie sind zu faul, es zu ändern und an sich zu arbeiten.«

»Trotzdem, ich kann ihre hämischen Kommentare nicht

länger ertragen. Die nehmen mir noch jeglichen Spaß an der Arbeit. Vielleicht sollte ich besser kündigen und mir eine andere Stelle suchen.«

»Fritz, du solltest deinen Posten nicht der Kollegen wegen aufgeben. Wenn, dann tu es nur für dich selbst. Wer Karriere machen will, muss zur richtigen Zeit zu neuen Ufern aufbrechen. Meinst du, dass dieser Moment nun für dich gekommen ist?«

Fritz dachte einen Augenblick nach, dann nickte er. »Ich denke schon, Herr Rosenzweig.«

»Na bitte, Fritz. Pack dein Glück mit beiden Händen an den Hörnern und gehe ins Ausland. Ein ausländisches Hotel ist geradezu ideal. So lernst du völlig andere Arbeitsweisen kennen. Das kann ich dir nur empfehlen.«

Aber sein väterlicher Kollege beließ es nicht nur bei Ratschlägen. Nein, Herr Rosenzweig vermittelte Fritz als Chef de Rang in die Schweiz. Nach Interlaken, in das vornehme *Grand Hotel*. Dort war ein Lehrling, den Rosenzweig vor vielen Jahren ebenfalls unter seine Fittiche genommen hatte, inzwischen Leiter der Restauration. Dieser ehemalige Schützling war froh, endlich die Möglichkeit zu haben, sich bei seinem Förderer revanchieren zu können.

Ende März 1930 schleppte Fritz Wernicke seinen neuen schweinsledernen Reisekoffer in den Anhalter Bahnhof und bestieg den D-Zug in Richtung Schweiz, der ihn seiner ersehnten Karriere als Hoteldirektor ein gutes Stück näherbringen würde. Das hoffte er jedenfalls.

8

Das *Grand Hotel*, in dem Fritz Wernicke am 1. April 1930 seinen Dienst antrat, lag im Berner Oberland zwischen zwei prachtvollen Seen. Neben jedem nur erdenklichen Luxus und Komfort bot es einen atemberaubenden Blick auf das Jungfraumassiv. Da war es nur natürlich, dass im *Grand Hotel* der europäische Adel, berühmte Künstler und Schriftsteller sowie Fabrikanten, Bankiers und zahlreiche Millionäre abstiegen.

Fritz bewohnte erneut eine Mansarde, die er sich aber mit niemand anderem teilen musste. Mit seinen Schweizer Kollegen kam er gut zurecht, arbeitete unermüdlich, versuchte weiterhin, so viel Geld wie möglich zu sparen und dachte immerzu an die vor ihm liegende Zukunft als selbstständiger Hotelier. So verging der Frühling, kamen Sommer, Herbst und Winter.

Und mit dem nächsten Frühling kam sie ... Teresa Laudano. Fritz sah sie zum ersten Mal im Speisesaal für das Dienstpersonal und war wie vom Blitz getroffen. Das junge Mädchen saß mit anderen Frauen zusammen und lachte ausgelassen.

Fritz beugte sich über den Tisch und stupste seinen Kollegen Eugen Burri an, mit dem er sich in den letzten Monaten angefreundet hatte.

»Eugen, wer ist das?«, wisperte er.

»Wen meinst du?«, erwiderte der Freund lautstark.

»Sei doch leise! Das Mädchen dort ... da hinten ... am Tisch der Stubenmädchen.«

»Keine Ahnung. Geh doch einfach hin und frag sie, Fritz.«
»Bist du verrückt? Das geht doch nicht.«
»Lass mich nur machen. Ich krieg schon raus, wie sie heißt.«

Fritz hatte es wirklich schlimm erwischt. Bis dahin hatte er in Sachen Frauen völlig enthaltsam gelebt. Er hatte nie einen Grund oder das Verlangen gehabt, auf das andere Geschlecht zuzugehen, weshalb er auch keine Ahnung hatte, wie man so etwas anstellte. Eugen musste da deutlich mehr Erfahrung haben, denn schon bald überraschte er seinen Freund mit Neuigkeiten.

»Fritz, deine Schönheit heißt Teresa Laudano und arbeitet hier als Stubenmädchen. Seit zehn Tagen bereits. Sie ist Italienerin, kommt aus den Abruzzen.«

»Meinst du, sie hat einen Freund?«

»Keine Ahnung. Sie ist mit ihrem Bruder in die Schweiz gekommen. Der arbeitet beim Straßenbau als Pflasterer. Irgendwo im Berner Oberland. Würdest du das Mädchen denn gerne kennenlernen?«

Fritz nickte.

Zwei Wochen später, auf dem Heimweg vom sonntäglichen Hochamt, zu dem Fritz seinen Freund Eugen begleitet hatte, kamen ihnen auf der Kirchgasse Teresa mit einer Kollegin entgegen.

Fritz wusste nicht, dass Eugen die Begegnung mit dem zweiten Stubenmädchen eingefädelt hatte.

»Grüezi, geht ihr auch spazieren?«, fragte Eugen. »Wir

wollen zu den St. Beatus-Höhlen. Mögt ihr mitkommen? Das ist übrigens mein Freund Fritz. Den kennt ihr ja bestimmt.«

Die Mädchen nickten Fritz zu.

»Ich bin Dorli ... und das ist Teresa.«

»Zur Feier des Tages spendiere ich jedem von uns eine Kugel Glace«, sagte Eugen.

Er hakte sich bei Dorli unter und ging mit ihr voran in Richtung des Thunersees.

Fritz und Teresa folgten.

»Du bist aus Italien, habe ich gehört?«

»Ja. In unserem Dorf gibt es keine Arbeit. Deshalb sind mein Bruder und ich hierhergekommen.«

»Ich bin aus Deutschland. Aus Berlin.«

»Gibt es da auch keine Arbeit?«

»Doch, schon. Ich bin hier, um mich fortzubilden. Die Schweizer Gastronomie hat das höchste Niveau in ganz Europa. Und wenn man irgendwann sein eigenes Hotel besitzen möchte ...«

»Willst du das denn?«

Teresa schaute Fritz skeptisch an, und er hatte das Gefühl, dass sie ihn für einen Aufschneider hielt.

Als sie später am Fuße des Beatenbergs saßen und sich ihr Glace schmecken ließen, dachte Fritz, dass sein Vorhaben nicht unmöglich war. Wenn er Teresa überzeugen könnte, dass er kein dummer Junge war, sondern ein zielstrebiger, nach vorn schauender junger Mann, dann würde sie ihn vielleicht ernstnehmen. Er erinnerte sich, wie sie an seinen Hotelplänen gezweifelt hatte, und beugte sich zu ihr.

»Ich habe das vorhin nicht nur einfach so vor mich hingesagt, Teresa. Ich meine es ernst. Seit acht Jahren spare ich jede Reichsmark, jeden Franken und habe bereits ein schönes Sümmchen zusammenbekommen. Du wirst sehen, eines Tages habe ich mein eigenes Hotel.«

Teresa schaute ihn an und Fritz sah eine Sanftheit in ihrem Blick, die er nicht in Worte fassen konnte. Zärtlich drückte er ihre Hand.

»Wirklich. Du kannst mir glauben.«

Sie lächelte ihn an und schaute dann zu den Bergen hoch.

»Schade, dass mein Bruder Paolo nicht bei uns ist. Du würdest ihn mögen, Fritz.«

»Wo ist er denn jetzt?«

»Irgendwo da oben. Paolo kann nur jedes zweite Wochenende hinab ins Tal kommen. Wir müssen ja auch sparen. Irgendwann wollen wir doch zurück nach Italien.«

Fritz verdrängte, was Teresa gerade gesagt hatte. Stattdessen streckte er vorsichtig die Hand aus und berührte ihr Haar, das sie auf dem Kopf zu einem Knoten gedreht hatte.

»Was für schönes Haar du hast…«

Teresa lächelte. Dann löste sie das Band, schüttelte ihren Kopf und die ganze Pracht fiel auseinander. Sie hatte pechschwarze, dicke, gelockte Haare, die ihr fast bis zur Taille gingen.

Die nächsten Wochen verliefen ganz anders, als Fritz es sich vorgestellt hatte. Ihn ergriff nach wenigen Tagen das bedrückende Gefühl, dass Teresa ihm bewusst aus dem Weg ging. Es dauerte zwei Wochen, ehe er sie endlich ohne Begleitung erwischte. Sie hatte gerade ein Zimmer am Ende eines der Hotelgänge fertiggemacht und konnte ihm nicht ausweichen.

»Teresa, kann es sein, dass du mir aus dem Weg gehst?«
Teresa lächelte geheimnisvoll.
»Sag doch was.«
»Da ist nichts, Fritz.«
»Nein?«
Teresa schüttelte den Kopf.
»Wollen wir uns nicht noch einmal treffen?«, fragte er leise.
»Am übernächsten Sonntag habe ich frei. Wenn du magst, können wir zur Heimwehfluh hinauffahren.«
»Abgemacht«, sagte Fritz. »Um elf Uhr? Vor dem Kursaal?«
Teresa nickte und eilte davon.

Fritz konnte das Treffen mit ihr kaum erwarten. Es erschien ihm wie eine Ewigkeit. Da half es ein wenig, dass er ihr kleine Briefchen schrieb, in denen er zaghaft seinen Gefühlen für sie Ausdruck verlieh. Er wollte sie ja nicht erschrecken, aber bis zum Wiedersehen ganz stillzuhalten – das konnte er auch nicht.

Die Heimwehfluh lag oberhalb Interlakens auf dem vorgelagerten Hügel am Fuße des Rugens. Die 92 Meter Höhenunterschied bewältigte die elektrisch betriebene Standseilbahn in wenigen Minuten. Die Fahrt führte durch dichten Wald.

Außer Fritz und Teresa war nur ein älteres Ehepaar im

Abteil. Fritz nutzte die Gelegenheit, um seinen Arm um Teresa zu legen.

Auf der Gaststättenterrasse neben der Bergstation genossen die beiden die Aussicht auf Eiger, Mönch und Jungfrau. Als sie danach auf der Heimwehfluh spazieren gingen, griff Teresa nach seiner Hand und hielt sie fest. Plötzlich blieb sie stehen und gab ihm einen Kuss. Fritz wusste gar nicht recht, was er tun sollte; stand einfach da und ließ es geschehen. Zum ersten Mal hatte ihn eine Frau geküsst. Es hatte sich gut angefühlt.

In einiger Entfernung von ihrem Hotel trennten sie sich, um kein unnötiges Risiko einzugehen, denn ein Techtelmechtel zwischen den Hotelangestellten duldete die Direktion nicht. Es zog zumeist die fristlose Kündigung nach sich.

Auch hatte Teresa Angst, dass ihr Bruder Paolo etwas mitbekam, dem, wie sie Fritz erzählte, die Ehre seiner jüngeren Schwester sehr am Herzen lag. Doch ganz voneinander lassen konnten sie dann doch nicht und vereinbarten, am übernächsten Abend einen Spaziergang am Brienzersee zu riskieren.

So wurden aus einem heimlichen Treffen zwei, wurden drei, wurden viele, bei denen Fritz seine Angebetete für den Traum von einem eigenen Hotel zu begeistern versuchte.

»Wirklich wundervoll deine Idee, Fritz, aber wie sollen wir jemals das nötige Kapital zusammenbekommen?«

»Ich habe schon sehr viel Geld gespart. Meine ganzen Einnahmen, einschließlich der Trinkgelder! Alles habe ich zur Bank gebracht.«

»Wie viel ist es denn?«

»In Schweizer Währung 11 600 Franken und ein paar Rappen. Ich brauche vielleicht noch fünfzehn Jahre, bis ich das nötige Grundkapital zusammen habe. Den Rest gibt mir die Bank. Aber wenn du … ich meine, wenn wir … mit deiner …«

»Ja, Fritz …?«

»Mit deiner Hilfe könnte es schon zwei, drei Jahre früher gelingen.«

Teresa lächelte ihn an. »Soll das etwa ein Heiratsantrag sein, Fritz?«

»Sag ja, Teresa. Du wirst es nicht bereuen. Du bekommst ein Hotel und ich werde alles tun, um dich glücklich zu machen.«

»Das würde ich zu gern, Fritz, aber … hast du auch wirklich so viel Geld angespart? Das klingt schon fast zu schön …«

Die Frage überraschte Fritz – sie waren doch bislang immer ehrlich zueinander gewesen. Doch gleichzeitig erfüllte es ihn mit einem gewissen Stolz, dass die Summe ihr so unglaublich vorkam. »Ich zeige dir mein Sparbuch. Dann siehst du, dass ich kein Aufschneider bin.«

An seinem nächsten freien Sonntag präsentierte Fritz ihr das Sparbuch, das er sich bei der Berner Kantonalbank hatte ausstellen lassen und auf das er auch sein gesamtes Berliner Sparguthaben eingezahlt hatte.

»Entschuldige, Fritz, dass ich an deinen Worten gezweifelt habe. Es wird nie wieder vorkommen.«

Fritz zog Teresa an sich und küsste sie.

Da schlug die Tür auf und ein junger Mann platzte ins Zimmer.

»Was geht hier vor?«

»Paolo!«, keuchte Theresa und sprang von Fritz weg.

Teresas Bruder, ein dunkelhaariger, kräftig gebauter Mann, funkelte Fritz zornentbrannt an und stieß ihn heftig vor die Brust. Der wusste gar nicht, wie ihm geschah und fiel vor Überraschung zu Boden.

»Hör auf, Paolo!«, schrie Teresa und stellte sich zwischen sie. »Er ist mein Verlobter. Fritz will mich heiraten!«

»Stimmt das?«

»Ja«, sagte Fritz und sah verzweifelt zu Paolo hoch. »Ich will ganz offiziell um die Hand Ihrer Schwester anhalten.«

»Ihr lügt! Ihr lügt beide!«

»Nein, Paolo, du musst uns glauben. Fritz, erzähl ihm von unseren Plänen, von unserem eigenen Hotel.«

Fritz rappelte sich auf und zeigte Paolo sein Sparbuch.

»Das Geld haben Sie alles für ein eigenes Hotel gespart, Herr ...«, Paolo las den Namen des Sparbuchbesitzers vom Deckblatt ab, »... Herr Wernicke?«

Fritz nickte.

»Und Sie wollen meine Schwester wirklich heiraten?«

»Ja. Ja, das will ich.«

»Dann entschuldigen Sie bitte meinen Argwohn. Aber ich habe nur eine Schwester und sie ist mir das Liebste auf der Welt.«

»Mir auch«, beteuerte Fritz.

Paolo reichte Fritz die Hand.

»Dann werde ich meinen Eltern telegrafieren. Wann soll die Hochzeit denn stattfinden?«

»So schnell wie möglich«, sagte Fritz.

Paolo wirkte überrascht. »So entschlossen! Das gefällt mir. Wie wäre es denn mit dem 15. August? Bis dahin ist noch genug Zeit zum Vorbereiten, aber es ist nicht mehr ganz so lang hin.«

Fritz nickte und lächelte Paolo an. Es freute ihn, dass der Bruder seiner Zukünftigen ihn akzeptiert hatte. Er wusste, wie wichtig Theresa ihre Familie war und wollte sichergehen, dass auch er einen Platz in ihr fand. Theresa griff nach seiner Hand und drückte sie.

»Wir werden heiraten, Fritz!«

Fritz konnte sich nicht erinnern, je im Leben so glücklich gewesen zu sein.

»Da ist allerdings noch etwas, das mir ein wenig Sorgen bereitet …«, sagte Pablo zögerlich.

»Was denn?« Fritz war entschlossen, nichts dieser Heirat im Weg stehen zu lassen.

»Nun, ich habe schon öfter davon gehört, dass sich die vermeintlichen Ehemänner mit der Frau vergnügen, sich aber vor der Hochzeit dann aus dem Staub machen.«

»Das würde ich nie tun!« ereiferte sich Fritz und legte den Arm um Theresa.

»So jemand ist er nicht, Paolo.«

»Das glaube ich auch nicht, aber … nun, die Zweifel sind da. Fritz, meinst du, du könntest mir dein Sparbuch bis zur Hochzeit zur Verwahrung geben? Nur, damit ich weiß, dass du dich nicht einfach aus dem Staub machst.«

Fritz Hand fiel von Theresas Schulter. Sein Sparbuch? Alles, was er sich über Jahre hinweg hart erarbeitet hatte? Sein gesamtes Dasein?

»Ich ...« er zögerte. »Das ist alles, was ich habe. Damit möchte ich mir meinen Traum erfüllen. Unseren Traum!«

»Das weiß ich ja! Und ich will auch, dass du und meine Schwester euer Hotel bekommt. Nichts würde mich mehr freuen, als zwei Hoteliers in der Familie zu haben. Ich mache mir bloß Sorgen.«

Fritz schluckte schwer und sah von Paolo zu Theresa. Auch sie sah ihn nun erwartungsvoll an. Er dachte zurück an die schönen Momente, die sie geteilt hatten, die Spaziergänge und Liebesbekundungen. Er wollte mehr davon. Er wollte ein ganzes Leben voll schöner Momente mit Theresa.

»In ... in Ordnung.«, sagte er und überreichte Paolo das Heft.

Ein bisschen fühlte es sich so an, als würde er ein Stück seines Lebens weggeben.

An den nächsten beiden freien Sonntagen trafen sie sich immer zu dritt, wobei Paolo so verständnisvoll war, die Verlobten jeweils ein paar Minuten allein zu lassen.

»Papa und Mama kommen beide zur Hochzeit. Paolo hat ihnen das Reisegeld bereits überwiesen. Sie sind sehr aufgeregt. Natürlich wegen unserer Trauung, aber ein bisschen auch, weil sie unser Dorf noch nie verlassen haben.«

Teresa wandte sich zu ihrem Bruder um, der einige Meter entfernt folgte.

»Paolo, wir würden am kommenden Sonntag gerne den Ablauf der Hochzeit festlegen. Meinst du, du kannst noch einmal nach Interlaken kommen?«

»Das wird sich einrichten lassen«, sagte Paolo lächelnd und schloss zu ihnen auf. »Mein Vorarbeiter gibt mir sicher frei. Er ist ebenfalls Italiener und weiß, wie wichtig die Familie ist. Außerdem habe ich ihn bereits zu eurer Hochzeit eingeladen.«

»Mein kluger Herr Bruder«, lachte Teresa.

Die junge Frau hakte sich bei Fritz und Paolo unter und die drei bogen in die Straße ein, die zum *Grand Hotel* führte.

Sieben Tage darauf stand Fritz schon früh am Billettschalter der Talstation, von der aus die Drahtseilbahn zur Heimwehfluh hochfuhr. Der ausgemachte Zeitpunkt kam und ging, und weder Teresa noch Paolo waren irgendwo zu sehen. Er übte sich in Geduld, nahm an, dass die beiden aufgehalten worden waren. Aber nach zwei Stunden war ihm klar, dass irgendetwas passiert sein musste. Er eilte ins *Grand Hotel* zurück und ging hinauf in die Mansarde der weiblichen Beschäftigten. Teresas Zimmer war leergeräumt, alle ihre persönlichen Habseligkeiten waren verschwunden.

Fritz war bestürzt, überlegte, was er machen sollte. Dann rannte er zur Hausdame, die in ihrem Büro gerade über den Einsatzplänen des nächsten Quartals brütete.

»Frau Odermatt, ich suche Teresa Laudano. Es ist äußerst wichtig. Können Sie mir sagen, wo sie ist?«

»Warum wollen Sie das wissen?«

»Teresa ist meine Verlobte. Wir werden in sechs Wochen heiraten.«

»Unsinn. Sie sind ja betrunken!«

»Nein, wirklich nicht. Sie müssen mir glauben.«

»Ich muss gar nichts. Sie sollten besser zur Vernunft kommen und Ihren Rausch ausschlafen. Teresa hat ihre Stelle gekündigt. Dank einer überraschenden Erbschaft konnten sie und ihr Mann Paolo in ihre Heimat nach Italien zurückkehren.«

Am nächsten Morgen ließ Fritz sich beurlauben und fuhr nach Bern zur Kantonalbank. Seine schlimmsten Befürchtungen wurden bestätigt. Mit einer Vollmacht versehen hatte Paolo fünf Tage zuvor sämtliches Geld von dem Sparbuch abgehoben, bis auf den einen Franken Mindesteinlage.

Fritz ließ sich die auf einer Schreibmaschine verfasste Bescheinigung vorlegen und erbleichte. Der Text war durch seine Unterschrift beglaubigt. Paolo hatte diese offensichtlich anhand der kurzen Briefe, die Fritz Teresa manchmal heimlich zugesteckt hatte, perfekt gefälscht.

Sie hatte ihn betrogen. Theresa, die ihn geküsst hatte, die seine Liebesbekundungen stets erwidert hatte, ja, die ihn heiraten wollte! Er konnte nicht umhin, sich zu fragen, ob überhaupt irgendetwas davon ehrlich gewesen war. Bei dem Gedanken daran, wie sie ihm etwas vorspielte und gleich danach einen Brief an ihren Bruder schrieb, in dem sie sich über den liebesblinden Fritz lustig machte, trieb ihm Tränen der Wut in die Augen. Und der Verrat seiner ersten Liebe war nur die Spitze des Eisberges. Sein Traum vom eigenen Hotel war plötzlich in weite Ferne gerückt. Vielleicht würde er ihn nie mehr verwirklichen können. Fritz war verzweifelt und er war wütend. Vor allem auf sich selbst. Wie hatte er nur so dumm sein können? Er hatte doch schon von der Masche solcher Gaunerpärchen gehört: Einer von beiden spioniert im Hotel aus, wo es was zu holen gibt, und der andere schlägt dann zu. Der Gedanke, dass Paolo und Teresa womöglich ungestraft davonkamen, machte ihn verrückt.

Das mühsam ersparte Geld. Alles futsch! Dazu stand er noch als begossener Pudel da, als liebesverwirrter, unreifer Knabe, der auf den simpelsten Bauerntrick hereingefallen war. Nicht auszumalen, wie die Kollegen über ihn lachen würden, wenn ihnen seine Torheit zu Ohren käme. Nein, das durfte nicht passieren. Es gab nur einen Ausweg: vom Ort seiner Schande möglichst schnell zu fliehen und sich woanders eine Arbeit zu suchen.

Im *Allgemeinen Wochenblatt* der Hotellerie und Gastronomie fand Fritz eine Stellenanzeige, die interessant klang. Das Hotel *Zum Rappen* in Leipzig suchte zum 1. Oktober 1932 einen Oberkellner. Das Haus hatte zwar nicht die Klasse des *Excelsiors* oder des *Grand Hotels,* aber einen ausgezeichneten Ruf und die Bezahlung sowie die sonstigen Bedingungen waren recht ordentlich.

Fritz schickte seine Bewerbung mit dem Leumundszeugnis und all seinen sonstigen Zertifikaten, Empfehlungsschreiben und Bescheinigungen nach Leipzig. Zwei Wochen später erhielt er seinen Vertrag. Fritz zählte die Tage und Wochen, bis er die Schweiz, in der er alles verloren hatte und gegen die er nun eine regelrechte Abneigung hegte, verlassen konnte.

Auf zu neuen Ufern schrieb er vor der Abreise in sein Notizbuch, aber so zuversichtlich, wie die Worte klangen, war ihm eigentlich nicht zumute. Er notierte es auf die letzte leere Seite seines dicken Tagebuches. Fritz hatte zuvor noch einmal in den Aufzeichnungen der vergangenen Zeit geblättert und Revue passieren lassen, was ihm widerfahren war: Wie er mit seinem Vater und der Familie gebrochen und unter den Anfeindungen der Kollegen im *Excelsior* gelitten hatte. Wie er in die Schweiz gekommen und so glücklich gewesen war, Teresa gefunden zu haben – seine große Liebe, die ihn hintergangen hatte. Er konnte es noch immer nicht fassen. All die schönen Momente, die er festgehalten hatte, waren Lügen gewesen. Wie konnte er sich in ihr nur so getäuscht haben? Fritz wurde die Brust eng und er spürte förmlich, dass sich sein Herz verhärtete. »Du musst an dich denken«, hatte seine Schwester gesagt. Ja, das würde er tun. Nie mehr würde er sich allein von seinen Gefühlen leiten lassen. Er hatte seine Lektion gelernt.

9

Am frühen Abend des 30. September 1932 traf Fritz Wernicke in Leipzig ein, um seine neue Stelle im Hotel *Zum Rappen* anzutreten. Vom Bahnhof aus waren es nur wenige Minuten Fußweg, bis er vor einem stattlichen Gebäude am Roßplatz stand.

Fritz wurde schon erwartet und sofort zum Hoteldirektor Hans Lippert geführt. Sein zukünftiger Dienstherr war Mitte fünfzig, beleibt und überragte die meisten in seiner Umgebung um einen guten Kopf. Er hatte einen kahlen Schädel und einen grau melierten Backen- und Kinnbart. Die Nase war energisch gebogen und verlieh seiner Erscheinung etwas Gebieterisches. Doch jetzt strahlte er über das ganze Gesicht und kam Fritz mit ausgestreckter Hand entgegen.

»Herzlich willkommen, Herr Wernicke. Ich hoffe, Sie hatten eine angenehme Fahrt.«

»Alles verlief bestens, Herr Direktor Lippert. Und ich bin auf das Angenehmste überrascht. Ihr Haus ist wirklich beeindruckend.«

»Vielen Dank, aber loben Sie es erst, wenn Sie alles gesehen haben«, lachte Hans Lippert. »Ich bringe Sie am besten gleich in Ihre Unterkunft.«

Fritz folgte dem Hoteldirektor ins Dachgeschoss, wo ihn eine Kammer erwartete, die ihm sowohl in ihrer Größe als auch ihrem Komfort zusagte. Sein Gepäck hatte man bereits hochgebracht.

»Ich hoffe, es trifft Ihren Geschmack, Herr Wernicke.«

»Besser könnte es nicht sein.«

»Das freut mich. Ich schlage vor, Sie richten sich ein und wir treffen uns um halb acht im Restaurant. Ehe Sie morgen Ihren Dienst antreten, müssen Sie die Vorzüge unseres Hauses selbstverständlich noch als Gast kennenlernen.«

Es wurde ein äußerst angenehmer Abend. Hans Lippert ließ alles auffahren, was Küche und Keller zu bieten hatten. Der Service am Tisch war sehr aufmerksam, obwohl Fritz mit Kennerblick natürlich der einen oder anderen Sache gewahr wurde, die es zu verbessern galt. Doch dafür hatte er ja bald ausreichend Zeit.

Später wechselten sie in die Weinstube, in der sich regelmäßig die Leipziger Honoratioren trafen. Bei einem Schoppen Moselwein erzählten sie sich gegenseitig von ihren Familien, wobei Fritz verschwieg, dass er mit seiner nicht mehr in Verbindung stand.

Hans Lippert war seit neun Jahren Witwer und hatte nur ein einziges Kind, eine Tochter namens Lina. An der Art, wie er über sie sprach, merkte Fritz, dass sie sein ganzes Glück war. Lina Lippert arbeite ebenfalls im Hotel, sie war als Empfangsdame für das Wohl der Logiergäste verantwortlich.

Am nächsten Tag lernte Fritz sie persönlich kennen. Sie war zwei Jahre älter als er und eine hübsche junge Frau. Sie gefiel ihm auf Anhieb. Doch auch Theresa hatte ihm auf Anhieb gefallen und er hatte sich geschworen, sich nie wieder solchen spontanen Gefühlsregungen hinzugeben. Und so verhielt er sich ihr gegenüber reserviert. Zwar nickte er, lächelte und gab sich freundlich, doch als sie ihm anbot, ihm später etwas von der Stadt zu zeigen, lehnte er mit einer Ausrede ab. Über die Begegnung mit Lina schrieb er in sein neues Notizbuch, das er tags zuvor in einem Papiergeschäft gekauft hatte.

Bereits an seinem ersten Arbeitstag merkte Fritz, dass

er mit Leipzig einen Glücksgriff getan hatte. Das Hotel lief bestens, es würde ihm sicher viel Freude machen, hier zu arbeiten. Fritz brachte neuen Schwung in Restaurant und Weinstube und lehrte seine Kollegen den Schliff der Schweizer Gastronomie, sodass Hans Lippert ihn schon bald frei schalten und walten ließ.

Trotz seiner Zurückhaltung konnte Fritz nicht bestreiten, dass er und Lina ein gutes Team abgaben. Direkt vom ersten Tag arbeiteten sie so gut zusammen, als hätten sie nie etwas anderes getan. Hans Lippert hielt sich aus den alltäglichen Angelegenheiten heraus, repräsentierte hauptsächlich und begrüßte die neu ankommenden Gäste. Den Rest der Zeit verbrachte er in seinem Büro.

Doch Fritz bemerkte, dass er ab und zu für drei oder vier Tage verschwand. Es war ungewöhnlich, dass der Besitzer des Hotels sein Eigentum einfach so allein ließ und Fritz spekulierte, was er während seiner Abwesenheit wohl tun mochte. Er fragte nicht – es ging ihn schließlich nichts an – doch die Neugierde blieb. Hans Lipperts spontane Ausflüge hatten zur Folge, dass Fritz noch enger mit Lina zusammenarbeitete. Die beiden wurde ein so eingespieltes Team, dass sie sich bald ohne Worte verstehen konnten. Fritz' anfängliche Zweifel ihr gegenüber wurden von Tag zu Tag weniger, und er musste sich eingestehen, dass er Gefallen an ihrer Gesellschaft fand.

Im Sommer 1934 war Fritz fast zwei Jahre als Oberkellner im Hotel *Zum Rappen* tätig, da verschwand Hans Lippert wieder einmal von heute auf morgen. Im Laufe des Tages bat Fritz Lina um ein Gespräch unter vier Augen und sie sagte sofort zu.

Als die beiden an dem lauen Augustabend durch den Johannapark gingen, konnte Fritz nicht anders und fragte endlich, was ihr Vater eigentlich mache, wenn er fort sei.

Lina wich aus. »Das müssen Sie ihn schon selber fragen, Herr Wernicke.«

»Ist ja nicht so wichtig«, sagte Fritz und versuchte, das Thema herunterzuspielen. »Das ist auch nicht der Anlass für unser Gespräch. Fräulein Lina, ich würde an unserem freien Tag sehr gern einen Tanzkurs machen, mir fehlt aber eine passende Begleiterin. Ob Sie sich vielleicht vorstellen könnten …? In allen Ehren natürlich.«

»Ein Tanzkurs? Da würde ich nur zu gern mitmachen.«

»Und Ihr Vater?«, fragte Fritz. »Was meinen Sie, wird er dazu sagen?«

»Den überlassen Sie ruhig mir«, antwortete Lina lachend.

Kaum zurück von seiner Reise, rief der Hoteldirektor Fritz in sein Büro. Neben dem wuchtigen Schreibtisch und den gut bestückten Bücherschränken mit verglasten Sprossentüren standen zwei schwere Fauteuils und ein Mahagonitischchen. Darauf eine Kristallkaraffe mit Cognac und Gläsern.

»Herr Wernicke, ich möchte mich bei Ihnen bedanken, weil Sie meine Tochter zu dem Tanzkurs eingeladen haben.«

»Dann sind Sie einverstanden?«

»Aber selbstverständlich. Nehmen Sie doch bitte Platz.

Ich glaube, um diese Zeit dürfen wir uns ausnahmsweise schon mal einen Cognac erlauben.« Hans Lippert schenkte ein und reichte Fritz einen Cognacschwenker.

»Auf Ihr Wohl, Herr Wernicke.«

»Auf das Ihre, Herr Direktor.«

Die beiden Männer nahmen einen Schluck, dann blickte Hans Lippert seinen Mitarbeiter ernst an.

»So, Herr Wernicke. Ich habe gehört, Sie interessieren sich für meine Freizeitaktivitäten?«

Fritz sah ihn verwirrt an.

»Nun, meine Tochter berichtete mir, Sie haben sich danach erkundigt, was ich mache, wenn ich im Hotel abwesend bin.«

»Oh …« Fritz sah peinlich berührt in seinen Cognac. »Ich meine …«

»Keine Sorge. Es ist kein Geheimnis. Aber um das zu erklären, muss ich etwas ausholen.« Hans Lippert nahm einen weiteren Schluck Cognac, stellte den Schwenker dann ab. »Sie müssen wissen, dass die Lipperts eine alte, ganz der Tradition verschriebene Familie sind, die bereits seit über 300 Jahren ihrem Handwerk nachgeht.«

»So lange sind Sie bereits im Hotelgewerbe tätig?«

Hans Lippert schüttelte den Kopf.

»Nicht in diesem Metier, sondern in einem Handwerk, welches nur von wenigen Familien im Deutschen Reich ausgeübt wird. Und wir Lipperts gehören zu den drei traditionsreichsten Sippen. Gemeinsam mit den Scheerbarths aus Hamburg und den Holzapfels aus Landshut.«

»Und was für ein Betätigungsfeld ist das?«

»Wir sind Scharfrichter.«

Fritz Wernicke glaubte, sich verhört zu haben. Hatte Hans Lippert wirklich Scharfrichter gesagt?

»Meine zweite Profession ist die eines Scharfrichters. Oder auch Henker, wie der Volksmund sagt.«

Beim Wort *Henker* fuhr Fritz zunächst zusammen, aber er verspürte auch eine gewisse Faszination. »Heißt das, Sie hacken einem zum Tode Verurteilten den Kopf mit dem Schwert ab?«

»Nein, diese Zeiten sind längst vorbei. Ich selbst verwende seit Jahren ausschließlich die Fallschwertmaschine.«

Fritz Wernicke nahm einen großen Schluck Cognac. Denn ein bisschen mulmig war ihm jetzt schon. Er merkte, wie ihn sein Dienstherr aufmerksam anschaute, jede seiner Reaktionen genauestens registrierte. Um vor Hans Lippert nicht als Schwächling dazustehen, stellte er den Cognacschwenker ab und setzte eine ernste Miene auf.

»Es ist das erste Mal, dass ich einem Scharfrichter begegne. Dürfte ich Ihnen ein paar Fragen stellen?«

»Natürlich. Nur zu.«

In betont sachlicher Weise erkundigte Fritz sich nach Hans Lipperts Scharfrichtertätigkeit, als sei es ein völlig normaler Beruf, so wie Chausseewärter, Küfer oder Büchsenmacher.

Sein Dienstherr antwortete freimütig, hielt mit nichts zurück. Er war von seinem Vater Heinrich in das Scharfrichterhandwerk eingeführt worden, wie dieser zuvor von dessen Vater. Bis zu Heinrich Lipperts Tod habe er ihm als Helfer gedient. Mit dem väterlichen Amt habe er auch zugleich den Ersten Scharfrichterhelfer übernommen, der sehr erfahren sei und den Beruf schon seit fast drei Jahrzehnten ausübe. Für einen Scharfrichter gäbe es aber nur ab und zu Arbeit, deshalb hätten Scharfrichter und Scharfrichterhelfer immer noch einen zweiten Beruf.

Gustav Schletter, sein Erster Scharfrichterhelfer, arbeite als Buchhalter und sein Zweiter, Paul Windisch, als Lumpenhändler. In den zurückliegenden Jahren sei die Zahl der Hinrichtungen immer weiter zurückgegangen, so habe er im Jahr 1928 keine einzige Todesstrafe vollstrecken können. In der Zeit habe er sich fast nur um das Hotel gekümmert.

»Und wie sind Sie dann zu so einem schönen Hotel gekommen?«

»Kraft unseres Amtes sind wir Scharfrichter nun einmal Außenseiter«, antwortete Hans Lippert. »Deshalb wurde uns früher vielerorts eine Schankerlaubnis erteilt, um uns zu etwas mehr Ansehen zu verhelfen. Daraus haben wir Lipperts mit viel Fleiß und Geduld etwas besonders Schönes gemacht.«

»Das haben Sie wirklich.«

»Darf ich nachschenken?«

»Gern.« Fritz schob seinen Cognacschwenker über das Tischchen.

»Was ich Sie fragen möchte, Herr Wernicke ... Finden Sie mich jetzt vielleicht sogar etwas abstoßend?«

»Aber nein, gewiss nicht, Herr Lippert. Sie sind für mich ein ehrenwerter Mann, der durch seine Arbeit für die Durchsetzung des Rechts sorgt.«

»Ich danke Ihnen, Herr Wernicke«, sagte der Scharfrichter lächelnd. Dann wurde seine Miene ernst. »Ich möchte Sie bitten, über unser Gespräch Stillschweigen zu bewahren. Nicht jeder Mensch ist so verständnisvoll wie Sie. Versprechen Sie mir das?«

Fritz nickte.

Die beiden Männer tranken noch ein Glas und beendeten die Unterhaltung in einer Stimmung, die eher an ein Gespräch zwischen Freunden denken ließ als an eins zwischen Dienstherrn und Untergebenem.

Hatte ihm die Arbeit im Hotel *Zum Rappen* bislang schon viel Freude gemacht, so steigerte sich für Fritz sein Wohlgefühl nach diesem Gespräch sogar noch. Zumal es jetzt einen wöchentlichen Höhepunkt gab: seine Tanzstunde mit Lina.

Mit der Zeit kamen die beiden sich immer näher, hielten während der Pausen verstohlen die Hände und Ende November 1934 küssten sie sich das erste Mal.

Fritz war verliebt.

Und Lina erwiderte seine Gefühle.

Wenn er nachts im Bett lag, begann sein Traum von einem eigenen Hotel, den er fast schon völlig aufgegeben hatte, wieder Form anzunehmen. Lina war Hans Lipperts einziges Kind, sie würde einmal das Hotel erben und es weiterführen. Dafür brauchte sie natürlich den passenden Mann an ihrer Seite. War es nicht naheliegend, dass sie ihn erwählen würde? Und was ihren Vater betraf ...

Fritz war sich sicher, dass Hans Lippert ihn ins Herz geschlossen hatte. Ihm ging es umgekehrt genauso. Für ihn war sein Dienstherr wie ein Vater. Ja, er war wie *der* Vater, den er sich immer gewünscht hat. Und Fritz war bereit, ihm diese Verbundenheit seinerseits zu beweisen. Dann würde Hans Lippert ihn womöglich nicht nur als zukünftigen Schwiegersohn akzeptieren, sondern wie einen Sohn lieben. Fritz fehlte nur die passende Gelegenheit, ihn von seiner Zuneigung und Treue zu überzeugen.

Doch die ergab sich schneller, als Fritz gedacht hatte.

An einem trüben, regnerischen Tag im Juni 1935 lief Lina im Hoteltreppenhaus Fritz entgegen. Sie war aufgelöst, hatte gerade einen Anruf erhalten, dass Paul Windisch mit seinem Lumpenkarren von einem Lastkraftwagen erfasst worden und noch am Unglücksort verstorben war. Jetzt musste sie ihrem Vater die Nachricht überbringen, dass er plötzlich ohne einen zweiten Scharfrichterhelfer dastand.

Zum denkbar ungünstigsten Moment, denn Hans Lippert hatte tags zuvor die Anordnung für eine Hinrichtung in Augsburg erhalten, die bereits in der ersten Juliwoche stattfinden sollte. Aus standesrechtlichen Gründen war es für ihn ausgeschlossen, den Auftrag auszuschlagen. Ihm blieben also nur noch zwei Wochen, um einen geeigneten Scharfrichterhelfer zu finden und ihn in dieser speziellen Tätigkeit auszubilden.

Das war Fritz Wernickes große Chance. Er überlegte gar nicht lange – ein Für und Wider gab es nicht. Es war die Gelegenheit, Hans Lippert ganz und gar für sich zu gewinnen und an der Seite seiner Tochter zum Erben des Hotels zu werden. Die Erfüllung seines Lebenstraumes war zum

Greifen nah. Und hatte er nicht jedes Recht darauf? Nachdem er so bitter betrogen worden war. Moralische Bedenken, was die ihn erwartende Arbeit betraf, hatte er nicht. Dabei war er alles andere als eine skrupellose Person. Er besaß sehr wohl moralische Grundsätze, was den Umgang mit seinen Mitmenschen betraf.

Jetzt ging es aber um etwas anderes, jetzt ging es um Personen, die sich außerhalb des Rechts gestellt, die Schuld auf sich geladen hatten. Mörder, Totschläger, die ihrer gerechten Strafe zugeführt werden mussten.

Natürlich wusste Fritz, dass es auch Gegner der Todesstrafe gab. Aber in Gesprächen mit Lina, die ein gänzlich anderes politisches Gespür als er selbst besaß, waren Fritz gewissermaßen die Augen aufgegangen. Hans Lipperts Tochter hatte sich 1931 der NS-Frauenschaft angeschlossen und mehrere politische Schulungen für die weiblichen Mitglieder besucht. Lina hatte Fritz klargemacht, dass die Forderung nach Abschaffung der Todesstrafe nur dazu diente, um unter dem Deckmantel der Humanität das Fundament der Volksgemeinschaft zu untergraben und so dem Verfall preiszugeben.

Ja, Lina zitierte sogar die Bibel: »Wer seinen Nächsten verletzt, dem soll man tun, wie er getan hat. Auge um Auge, Zahn um Zahn; Hand um Hand, Fuß um Fuß.«

Fritz hatte sich nie sonderlich für Politik interessiert und war auch kein gläubiger Mensch. Aber die Rechnung »ein Leben um ein Leben« war sicher richtig und gut. Was wirklich auf ihn zukommen würde, konnte er sich zu dem Zeitpunkt noch nicht vorstellen.

Am nächsten Morgen, gleich nachdem die Gäste den Frühstücksraum verlassen hatten, ging Fritz hinauf in Hans Lipperts Büro und bot ihm seine Hilfe an. Er sei bereit, als Scharfrichterhelfer einzuspringen.

»Wollen Sie das wirklich?«, fragte sein Dienstherr.

Fritz nickte.

»Ich verspreche Ihnen, dass Sie es nicht bereuen werden.«

10

Im Leipziger Vorort Leutzsch besaß Hans Lippert eine Remise, in der die verschiedenen Arbeitsgeräte und Ausrüstungsgegenstände lagerten, die er für die Ausübung seines Amtes benötigte. Darunter eine transportable Guillotine.

Der Erste Scharfrichterhelfer Gustav Schletter erwartete Fritz bereits, als dieser Samstagfrüh an die Remisentür klopfte. Er war ein großer, knochiger Mann mit einem etwas teigigen Gesicht. Auffällig war sein trauriger Blick, den er selbst dann noch hatte, wenn er über etwas Erfreuliches sprach. Was allerdings nicht allzu oft vorkam, denn er war kein Freund großer Worte und schwieg zumeist.

Gustav war ein typischer Junggeselle, hatte gerade die fünfzig überschritten und arbeitete in der Gerberei seines Schwagers. Obwohl er mit dem Herstellungsprozess des Leders nicht direkt zu tun hatte, ging von ihm ein eigentümlicher Geruch aus.

Gustav und Fritz machten sich an den Aufbau der Fallschwertmaschine. Sie war in drei Holzkisten verpackt und konnte so gut transportiert werden. Die Männer nahmen alle Teile heraus und schraubten sie zusammen. Die Guillotine war knapp vier Meter hoch, am Fuß zwei Meter lang und 80 Zentimeter breit. Das Delinquentenbrett war mit 36 Zentimetern recht schmal und lediglich 120 Zentimeter lang.

Dann öffnete der Erste Scharfrichterhelfer eine vierte Kiste, in der sich mehrere Fallmesser befanden. Gustav erklärte Fritz, dass Hans Lippert aufgrund seiner langen Scharfrichtertätigkeit über ein enormes Wissen verfüge, welches der Messer für den jeweiligen Delinquenten am besten geeignet war. Aufgrund der körperlichen Konstitution des Verurteilten konnte Hans Lippert genau vorhersagen, welches von ihnen einen möglichst schnellen Tod herbeiführte. Deshalb war an jedem Hinrichtungsort eine seiner ersten Handlungen immer der Gang zur Zelle des Delinquenten. Er schaute durch den Spion, musterte den Todeskandidaten und wählte danach das für ihn perfekte Messer aus. Und solange Gustav Schletter mit ihm zusammenarbeitete, hatte Hans Lippert noch nie danebengelegen.

Gustav nahm jetzt ein Fallmesser heraus und setzte es in die Vorrichtung ein. In der Ecke der Remise lagen mehrere Strohpuppen, die wie Vogelscheuchen aussahen. Er trug eine von ihnen zur Guillotine und schnallte sie an das senkrecht stehende Kippbrett.

»Der Delinquent wird von uns auf das Brett geschnallt und zwar mit dem Gesicht zum Boden. Dann wird sein Kopf in den unteren Teil der Lünette geschoben.«

Gustav schwenkte das Brett in eine waagerechte Position und schob die Strohpuppe unter das Fallbeil.

»Danach lassen wir den oberen Teil der Lünette herunter, bis eine Feder einschnappt. Jetzt ist der Hals des Delinquenten fest umschlossen.«

Fritz sah aufmerksam zu, prägte sich jeden der Handgriffe genau ein.

»Hast du alles verstanden?«

Fritz nickte.

Gustav löste den Sperrhebel, das Fallbeil knallte hinab und trennte das Haupt vom Körper. Fritz zuckte zusammen. Verstohlen blickte er zu Gustav, doch er hatte es scheinbar nicht bemerkt. Er schnallte die Puppe wieder ab und legte sie zur Seite.

»Jetzt du, Fritz.«

Fritz schnallte eine neue Strohpuppe auf das Delinquentenbrett und wappnete sich für den Fall des Messers. Dieses Mal zuckte er nicht und guillotinierte sie ohne Probleme. Das Gleiche machte er mit zwei weiteren Vogelscheuchen und mit jedem Mal fiel es ihm leichter, sich zu kontrollieren.

Nachdem sie die Guillotine wieder auseinandergenommen und alles in den Transportkisten verstaut hatten, kam die nächste Lektion, in der Gustav die Abläufe vor und nach der Exekution erläuterte.

Während Hans Lippert den Schnellzug zum Hinrichtungsort nahm, fuhren seine Scharfrichterhelfer üblicherweise in einem anderen Zug in der 3. Klasse. Das war aus Gründen der Geheimhaltung gesetzlich angeordnet worden.

In der Regel übernachteten der Scharfrichter und seine Gehilfen in kargen Gefängnisräumen, die ihnen von der Justizbehörde als Schlafgelegenheit zugewiesen wurden. Alles nur, um unnötiges Aufsehen in der Bevölkerung zu vermeiden. 24 Stunden vor Dienstbeginn durften sie keinen Alkohol trinken und auch die Kleiderordnung war gesetzlich festgelegt.

Als der verantwortliche Scharfrichter musste Hans Lippert einen schwarzen Gehrock und Zylinder tragen, seine Helfer hingegen schlichte schwarze Anzüge. So sollte eine dem Anlass und dem Amt entsprechende Würde ausgedrückt werden.

Zuletzt kam Gustav als langjähriger Buchhalter auch auf die Besoldungsfrage zu sprechen, obwohl Fritz dieses Thema mit keinem Wort erwähnt hatte. Für jede Hinrichtung erhielt ein Scharfrichterhelfer 50 Reichsmark, die Fahrtkosten und angemessene Ausgaben für Beköstigung wurden gleichfalls erstattet. Auch Zulagen gab es unter bestimmten Umständen.

Im vergangenen Jahr hatte Gustav durch diese Nebentätigkeit insgesamt 885 Reichsmark verdient, nach vielen Jahren, in denen die Besoldung mangels Einsätzen allerdings verschwindend gering gewesen war. Doch 885 Reichsmark waren ein ansehnliches Sümmchen, wie er fand. Er zog einen verbeulten Flachmann aus seiner Hosentasche hervor und schraubte ihn auf. Er bot Fritz als Erstes zu trinken an und der nahm einen Schluck. Ein beißender Geschmack brannte in seiner Kehle, offenbar ein selbstgebrannter, hochprozentiger Schnaps.

Fritz spürte, dass Gustav ihn prüfend ansah, und verzog deshalb nicht das Gesicht. Der Erste Scharfrichterhelfer setzte seinerseits den Flachmann an, kippte den Fusel hinunter, wischte sich über den Mund und warf Fritz einen seiner traurigen Blicke zu.

»Hat Herr Lippert mit dir auch über die Schreie gesprochen?«

»Was meinst du damit?«

»Die Schreie der Todgeweihten«, sagte er leise. »Das Angstgeheul der Verdammten. Wenn wir sie zum Fallbeil tragen müssen, weil sie vor Entsetzen nur noch schreien und nicht mehr gehen können. Das verträgt nicht jeder. Dabei sind schon die härtesten Burschen zusammengebrochen.«

»Ich nicht. Ich werde das aushalten.«

Herausfordernd nahm Fritz seinem Kollegen den Flachmann ab und leerte ihn in einem Zug.

11

In aller Herrgottsfrühe brachten Fritz und Gustav die Transportkisten mit der Guillotine in einem Pferdefuhrwerk zum Leipziger Bahnhof. Bei dem Kasten mit den Fallbeilen mussten beide kräftig mit anpacken, um ihn in den Güterwagen zu hieven, so schwer war er.

Als die zwei dann im Zug nach Augsburg saßen, begann Fritz, sich zu entspannen.

Drei Tage zuvor war Fritz mit seinem Dienstherrn in Berlin gewesen. Im Reichsjustizministerium in der Wilhelmstraße hatten ihn drei Staatsanwälte in Augenschein genommen, ihn auf Herz und Nieren geprüft. Es hatte fast den ganzen Tag gedauert, sodass Fritz den ursprünglichen Plan, sich mit seiner Schwester zu treffen und vielleicht noch die Mutter sehen zu können, fallen lassen musste.

Die drei Juristen hatten ihn sprichwörtlich in die Mangel genommen. Zuerst waren die Fragen der behördlichen Prüfer eher einfach zu beantworten:

Wie stehen Sie zum Deutschen Reich?

Was sagen Sie zu unseren Gesetzen und der Rechtsprechung?

Neigen Sie zum Alkohol oder zum Glücksspiel?

Sind Sie willens, über Ihre Tätigkeit Stillschweigen zu bewahren?

Haben Sie jüdische Vorfahren?

Verkehren Sie regelmäßig mit Dirnen?

Doch dann wurde es subtiler:

Was machen Sie, wenn Sie Ihren besten Freund hinrichten sollen?

Falls ein Delinquent eine Hinrichtung überlebt, wie reagieren Sie dann?

Ihre Nachbarn erfahren von Ihrem Gewerbe und meiden Sie. Was tun Sie?

Einer der Staatsanwälte, ein rotblonder, schmaler Mann namens Albert Henlein, an dessen Revers das Parteiabzeichen der NSDAP prangte, schien dem Prüfling als Einziger gewogen zu sein. Als Fritz bei einer Antwort ins Stocken geriet, sprang Henlein ihm bei.

»Herr Wernicke, Sie sind sicher auch der Meinung, dass man gewisse asoziale Subjekte auf das Härteste bestrafen muss. Nicht wahr?«

»Jawohl, Herr Staatsanwalt.«

Staatsanwalt Henlein schaute die anderen Prüfer begütigend an und von da an wurden die Fragen leichter. Trotzdem war Fritz heilfroh, als man ihn endlich auf das Amt des Scharfrichterhelfers vereidigte.

Um die Anonymität zu wahren, trat ein Scharfrichter in der Öffentlichkeit als höherer Justizangestellter auf, seine Helfer hingegen als einfache Justizhelfer. Dem wurde auch in Augsburg Rechnung getragen. Hans Lippert fuhr mit einer Kraftdroschke zum Hinrichtungsort, während die Gefängnisleitung einen unauffälligen Lastkraftwagen zum Bahnhof geschickt hatte, in den Fritz und Gustav die Transportkisten verluden, um dann selbst auf der Ladefläche Platz zu nehmen.

Als die beiden am Gefängnis in der Karmelitengasse vorfuhren, sahen sie in ihrer einfachen Arbeitskleidung aus, als wären sie gewöhnliche Leute, die irgendeinem unbedeutenden Auftrag nachgingen.

Hans Lippert war bereits lange vor ihnen angekommen und besprach sich mit dem Gefängnisdirektor in dessen Büro.

Fritz und Gustav begaben sich mit all ihren Kisten zur Hinrichtungsstätte. Es war ein länglicher Hof, der von vier Gefängnistrakten umgeben war. In der Mitte hatte man ein erhöhtes Podest aufgebaut. Die beiden Scharfrichterhelfer bauten die Fallschwertmaschine auf, arbeiteten wortlos, als wären sie ein jahrelang eingespieltes Team. Als sie fertig waren, kam Hans Lippert in Begleitung eines Vollzugsbeamten zur Hinrichtungsstätte.

Fritz und Gustav traten beiseite und ihr Dienstherr überprüfte gewissenhaft die Fallschwertmaschine. Ebenso die Messerkisten und den Block.

»Gut, es hat alles seine Richtigkeit«, sagte Hans Lippert und nickte seinen Helfern zu. »Der Staatsanwalt ist auch eingetroffen. Er spricht gerade mit dem Delinquenten.«

»Er wird ihm die Ablehnung seines Gnadengesuchs mitteilen«, sagte der Vollzugsbeamte. »Und ihm mitteilen, dass das Todesurteil um fünf Uhr früh vollstreckt werden wird.«

»Dann ist ja alles geklärt«, stellte Hans Lippert fest.

»Ich darf Sie noch bitten, hier zu unterschreiben.«

Der Vollzugsbeamte reichte dem Scharfrichter das Protokoll und Hans Lippert zeichnete es ab.

»Dann folgen Sie mir, meine Herren. Ich bringe Sie in Ihre Schlafräume.«

Es war eine karge Gefängniszelle, in der man Fritz untergebracht hatte, die aber immerhin mit einem Feldbett und Waschtisch ausgestattet war.

Eine halbe Stunde später klopfte es an der Zellentür und der Scharfrichterhelfer öffnete. Im Gang stand Hans Lippert.

»Sind Sie so weit, Herr Wernicke?«

»Selbstverständlich.«

»Wir werden jetzt zur Zelle des Todeskandidaten gehen,

um letzte Vorbereitungen für seine Hinrichtung zu treffen«, sagte Hans Lippert. »Sie halten sich genau an meine Anweisungen.«

Fritz nickte.

»Ich habe kurz mit dem Staatsanwalt gesprochen. Der Delinquent war zu Tode erschrocken, anscheinend hat er bis zum letzten Augenblick auf eine Begnadigung gehofft. Erst hat er geweint, dann hat er um einen Stift und ein Blatt Papier.«

»Wofür?«

»Vermutlich hat er noch etwas mitzuteilen.«

Ein Gefängniswärter kam und führte den Scharfrichter und seinen Gehilfen durch unendlich viele Gänge. Immer wieder mussten schwere Türen auf- und abgeschlossen werden, bis sie endlich vor der Zelle des Delinquenten standen.

Hans Lippert sah durch das Guckloch, nahm optisch Maß an dem Hinzurichtenden. Dann nickte er dem Gefängniswärter zu und trat ein paar Schritte beiseite. Der Schließer öffnete die Zelle und befahl dem Gefangenen, Haltung anzunehmen.

Es war ein Bursche von Anfang zwanzig, mit kahl geschorenem Kopf und einer rotleuchtenden Lippenspalte. Sowohl an den Händen als auch an den Füßen war er mit Eisenketten gefesselt. Ein kräftiger Jungknecht, der eines Nachts den Großbauern und dessen Familie erschlagen hatte.

Der Gefängniswärter gab den Weg frei und Scharfrichterhelfer Fritz trat dem Burschen einen Schritt entgegen.

Er sah Fritz mit einem Blick an, bei dem nicht klar war, was sich darin spiegelte.

Fritz fragte streng, ob der Verurteilte vor seiner Hinrichtung noch einen letzten Wunsch habe.

Der Bauernbursche schrieb auf seiner Pritsche in ungelenker Handschrift ein paar Sätze, die kaum zu entziffern waren. »Ist das alles?«

Der Todeskandidat nickte stumm.

Fritz wurde aus der Kritzelei nicht schlau, tat aber so, als habe er verstanden. Weniger wegen des Bauernburschen als wegen Hans Lipperts Blicken, die er im Rücken zu spüren glaubte.

»Gut. Wir werden es berücksichtigen.«

Fritz steckte den Zettel ein und verließ die Zelle.

Ihr Nachtessen nahmen der Scharfrichter und seine zwei Gehilfen im Speiseraum des Gefängnispersonals zu sich. Es gab Rahmschwammerl mit Knödel und für jeden ein großes Glas Buttermilch. Sie redeten kaum, gingen danach gleich in ihre Schlafräume.

An den Pilzen lag es nicht, dass Fritz Wernicke die halbe Nacht wach lag, in Gedanken immer wieder die Hinrichtung durchspielte. Er würde nichts falsch machen, alle Handgriffe waren ihm vertraut. Es war etwas anderes, das ihn nicht schlafen ließ. Hatte Gustav nicht von den Schreien der Todgeweihten gesprochen? Fritz hatte den Mund sehr voll genommen, als er vor ihm und Hans Lippert geprahlt hatte, dass die Hinrichtung für ihn kinderleicht sei. Jetzt war er sich da nicht mehr sicher – ganz und gar nicht. Was wäre, wenn ihm der Delinquent plötzlich leidtäte? Wenn er hinter der Fassade eine arme Seele spürte? Würde er vielleicht einfach davonlaufen? Würde er sich übergeben müssen oder womöglich einfach umkippen, wenn der Kopf des Bauernburschen in den Korb fiele? Er war keine Strohpuppe, er war ein Mensch aus Fleisch und Blut, dessen letzter Wunsch Papier und Bleistift gewesen waren. Fritz schrieb die Gedanken in sein Tagebuch. Aber alles aufzuschreiben, machte sein Herz nicht leichter. Hatte es dem Bauernburschen geholfen? Fritz holte den Zettel raus. Die Schrift darauf war ungelenk, und selbst wenn er sich konzentrierte, fiel es ihm schwer, Worte auszumachen. Eines jedoch schien wiederholt aufzutauchen. Fritz starrte es an. Es sah beinahe aus wie »Mutter« ... Doch bevor er mehr darüber nachdenken konnte, faltete er das Papier resolut zusammen. Warum sollte es ihn scheren, was ein Delinquent geschrieben hatte? Zum Glück schlief er bald darauf ein.

Die Nacht war sehr kurz. Nach kaum drei Stunden Schlaf, wurde Fritz von Gustav geweckt. Draußen war es noch finster. Er wusch sich schnell, zog seinen schwarzen Anzug an, stellte sich dann zu seinem Kollegen.

Gemeinsam warteten Fritz und Gustav im Gang vor ihren Zellen darauf, dass man sie abholte.

»Wo bleibt denn Herr Lippert?«

»Der ist schon im Gefängnishof.«

»Die wievielte Hinrichtung ist das für dich, Gustav?«

»Hmmh ... lass mal überlegen ... Sechs Dutzend müssten es schon sein. Alles in allem.«

»Hat dir jemals einer … einer von denen leidgetan?«

Gustav schaute Fritz verblüfft an. »Wie kommst du denn auf so einen Kokolores?«

»Schlecht geschlafen, Gustav … Hab die Schwammerl nicht vertragen.«

Gustav nickte, beäugte Fritz aber misstrauisch.

Der war froh, dass ein Strafanstaltsoberwachtmeister und zwei Gefängniswärter zu ihnen traten, um die Scharfrichterhelfer zur Zelle des Delinquenten zu bringen.

Erneut ging es durch diverse Gänge, mussten schwere Türschlösser aufgeschlossen werden, bis sie endlich ihr Ziel erreicht hatten.

Einer der Wärter öffnete die Zelle und der Strafanstaltsoberwachtmeister befahl dem Bauernknecht, herauszutreten.

Der Bursche tat, wie ihm befohlen wurde, und kam mit klirrenden Ketten in den Gang. Sein Gesicht war seltsam ausdruckslos, die Augen leer. Fritz wandte den Blick ab und versuchte, gleichgültig auszusehen. Er und Gustav nahmen den Verurteilten in ihre Mitte und folgten dann den drei Gefängnisbeamten durch weitere Gänge, bis sie schließlich durch eine große Flügeltür ins Freie traten.

Im Gefängnishof wurden sie bereits erwartet. Neben der Fallschwertmaschine stand Hans Lippert, den Fritz zum ersten Mal in seiner Dienstuniform sah. In seinem schwarzen Gehrock, mit steifem Kragen, perfekt sitzendem Querbinder und einem edlen Chapeau claque auf dem Kopf wirkte er noch eindrucksvoller als sonst.

Seitlich des Podests stand ein schmuckloser Sarg aus billigstem Fichtenholz. Eher eine Totenkiste, aus ungehobelten Brettern zusammengezimmert.

Einige Meter entfernt warteten mehrere Würdenträger: der Gefängnisdirektor im Cut, ein katholischer Geistlicher im schwarzen Talar, der Augsburger Amtsarzt im weißen Kittel, ein Justizinspektor im jagdgrünen Tuch und der Staatsanwalt in roter Robe. Es war Albert Henlein, der Fritz erst wenige Tage zuvor in Berlin im Reichsjustizministerium geprüft hatte.

Hans Lippert nickte seinen Helfern zu, worauf Fritz und Gustav den Delinquenten zum Block geleiteten.

Staatsanwalt Henlein trat entschlossen neben die Fallschwertmaschine.

»Angeklagter, nehmen Sie Haltung an …«

Durch den Bauernburschen ging ein Ruck, wenn auch kraftlos und unsicher. Er hatte sich wohl in sein Schicksal gefügt.

Nachdem Staatsanwalt Henlein das Urteil verlesen hatte, trat der Staatsanwalt zwei Schritte zurück und der Geistliche nahm seinen Platz ein.

»Angeklagter«, sprach der Pfarrer. »Möchten Sie mit mir noch gemeinsam beten?«

Der Delinquent nahm die Frage nicht wahr, sah nur Fritz an, als wartete er auf ein Zeichen von dem Scharfrichterhelfer.

Während der Geistliche ein Gebet sprach, stieß der Bauernbursche mehrmals mit leiser Stimme das Wort Mutter aus. Ungefragt und urplötzlich kam Fritz wieder in den

Sinn, was der Delinquent auf den Zettel geschrieben hatte. Nun wusste er, was er war: ein unbeholfener Abschiedsbrief an die unglückselige Mutter. Fritz nickte dem Bauernburschen beruhigend zu und der lächelte erleichtert.

Der Pfarrer hielt ein Kruzifix in Richtung des Todeskandidaten und besprengte ihn mit Weihwasser.

»Dann empfehlen Sie Ihre Seele der Gnade des Herrn. Amen.«

Der Geistliche ging zu den Würdenträgern zurück.

»Herr Scharfrichter, walten Sie Ihres Amtes«, sagte Staatsanwalt Henlein.

Gustav verband dem Bauernburschen die Augen und Fritz schnallte ihn auf das Kippbrett. Gemeinsam schwenkten sie es in eine waagerechte Position, schoben es dann unter das Fallbeil. Der Halsbügel schloss sich über dem Nacken des Delinquenten.

Hans Lippert trat an die Fallschwertmaschine, löste den Sperrhebel, das Fallbeil sauste aus zwei Meter Höhe hinunter.

Fritz hatte sich zwingen wollen, hinzusehen. Er hatte den Blick fest auf den Kopf des Burschen gerichtet, doch im entscheidenden Augenblick kniff er die Augen zu und als er sie wieder öffnete, war es vollbracht.

Nun verstummte auch die Glocke, die seit dem Beginn der Hinrichtung fortdauernd geläutet hatte.

Hans Lippert drehte sich zu den Würdenträgern. »Herr Staatsanwalt, das Urteil ist vollstreckt.«

Der Geistliche betete das Vaterunser. Es verklang im weiten Hof und würde dem jungen Burschen nichts mehr bringen. Er hat es verdient, sagte sich Fritz, als der Tote in den Sarg gelegt wurde. Er ist selbst schuld daran. Es ist besser, dass er tot ist und nicht noch mehr Unheil anrichten kann.

Bevor Fritz mit Gustavs Hilfe den Sarg verschloss, dachte Fritz einen Moment an den Abschiedsbrief des Toten. Er wusste nicht, was er damit tun sollte, und legte den Zettel in den Sarg.

Nachdem Fritz bereits über ein Jahr als Scharfrichterhelfer tätig war, musste er sich nichts mehr von Schuld und Notwendigkeit einreden. Er wusste, dass die Personen unter dem Fallbeil ihr Schicksal selbst zu verantworten hatten. Die Scharfrichter waren einzig eine Verkörperung der Konsequenzen, von denen die Delinquenten dachten, sie würden über ihnen stehen.

Eines Abends 1936, es ging bereits auf Mitternacht zu, saß er in Lipperts Büro, nachdem er ihn um eine Unterredung gebeten hatte. Die beiden Männer redeten über alles und nichts und tranken dabei wie gewohnt einen Cognac. Dann fragte Lippert: »Warum wollten Sie denn nun mit mir reden, Herr Wernicke? Geht es um das Hotel?«

»Nein, Herr Lippert. Sie wissen ja sicherlich schon längst, was Lina und ich füreinander empfinden. Wir würden uns deshalb gerne verloben, wenn Sie damit einverstanden sein sollten.«

»Aber natürlich! Und außerdem ernenne ich Sie somit zu meinem Ersten Scharfrichterhelfer.«

»Und Gustav?«

»Der tritt gerne in die zweite Reihe. Er wird es uns nicht übel nehmen. Im Gegenteil.«

»Ja, wenn es so ist ... Dann bin ich auch einverstanden.«

Gustav reagierte zunächst gekränkt, als Hans Lippert am nächsten Abend in einem Restaurant Fritz zum Ersten Scharfrichterhelfer ernannte. Obwohl Gustav ihm doch so lange treu zur Seite gestanden hatte. Der Scharfrichter wollte ihm die Beweggründe in Ruhe erläutern. Er ging mit seinem Getreuen nebenan in eine Weinstube. Fritz wusste, dass Hans Lippert dabei vor allem ins Feld führen würde, wie der zukünftige Erste Scharfrichterhelfer zu seiner Tochter Lina stand. Denn es galt schon als abgemacht, dass Fritz auch ihr zukünftiger Verlobter sein würde. Ohne Zweifel – Fritz war auf dem Weg, richtig zur Familie zu gehören. »Gustav hegt keinen Groll mehr«, sagte Hans Lippert nach dem Gespräch hinter vorgehaltener Hand zu Fritz. »Und als ich ihm in einem Umschlag den Jahresverdienst eines Scharfrichterhelfers gegeben habe, war er vollends einverstanden.«

12

Seit Fritz und Lina im Mai 1937 ihre Verlobung gefeiert hatten, sah Hans Lippert in Fritz seinen zukünftigen Schwiegersohn, aber zugleich auch seinen Nachfolger als Hoteldirektor sowie im Amte des Scharfrichters.

Ab Frühjahr 1936 hatte die Arbeit beständig zugenommen. Insgesamt waren es 85 Delinquenten, an denen der Scharfrichter und seine beiden Helfer vom Mitte 1936 bis Mitte 1937 die Todesstrafe vollstrecken mussten. Dafür bereisten sie das gesamte Deutsche Reich, von Ostpreußen zu den Rheinprovinzen, von Flensburg bis nach Oberschlesien.

Bereits 1933 hatte die Regierung ein Gesetz zur Verhängung und dem Vollzug der Todesstrafe erlassen, in dem die Hinrichtung am Galgen wieder eingeführt wurde. Im Gegensatz zur Exekution durch eine Fallschwertmaschine galt der Tod am Galgen als nicht ehrenvoll.

Die letzten Tage vor der Fahrt ins Zuchthaus Hameln im Februar 1939, zu einer Exekution mittels des Galgens, ging es Fritz nicht gut. Die Vorstellung, den leblosen Körper am Strick baumeln zu sehen, belastete ihn. Aber er versuchte, sich nichts anmerken zu lassen.

Der Scharfrichter und seine beiden Helfer begaben sich auf getrennten Wegen zum Hinrichtungsort. Als Gepäck hatten Fritz und Gustav lediglich einen Handkoffer mit Seilen und Lederriemen, eine schwarze Kapuze und anderes Kleinzeug dabei, denn im Zuchthaus in Hameln waren Schafott und Galgen schon errichtet worden.

Als Delinquenten brachte die Gerichtsbarkeit Alfons Heumesser, ein 43-jähriger Mann aus dem Württembergischen, der bei den Dornier-Werken in Friedrichshafen als Schlosser gearbeitet hatte. Aber vor allem war er Kommunist. Und dazu Spion sowie Hoch- und Landesverräter.

Der ehemalige Ringer war muskelbepackt, hatte einen

kahl geschorenen Kopf und überragte seine Mitmenschen um gut einen Kopf.

Wie Hans später beim Abendessen seinen Helfern erklärte, war der Schlosser in den Dornier-Werken an der geheimen Produktion von Kampfflugzeugen beteiligt gewesen. Das hatte ihm der Gefängnisdirektor im Vertrauen mitgeteilt. Alfons Heumesser gehörte zu einer neuen Art von Verbrechertyp, mit dem sie es in Zukunft öfter zu tun haben würden.

»Ein Spion?«, fragte Gustav.

»Ja, und niemand am Bodensee hat davon etwas mitbekommen. Er war beliebt, galt als verlässlicher Techniker und hat das Vertrauen der Leute schändlich ausgenutzt.«

»Was genau hat er gemacht?«

»Sämtliche Baupläne aus dem Werk geschmuggelt. Und sie an eine bolschewistische Spionageeinheit weitergeleitet.«

Nach einer kurzen Nachtruhe ließen Hans und seine beiden Helfer um 6:40 Uhr die Zelle von Alfons Heumesser aufschließen. Er hatte es abgelehnt, mit dem Priester zu sprechen, ließ sich aber ohne Gegenwehr von Gustav die Hände auf dem Rücken mit Lederriemen fesseln.

Zehn Minuten später betrat der Verurteilte in Begleitung der beiden Scharfrichterhelfer, dem Priester sowie drei Justizwachtmeistern den Galgenhof.

Dort erwartete sie bereits der Staatsanwalt zusammen mit dem Gefängnisdirektor und einem Arzt. Hans hatte oben neben dem Galgen Stellung bezogen.

Fritz und Gustav führten Heumesser hinauf zum Schafott. Sie stellten ihn direkt über die gesperrte Falltür. Fritz hielt ihn fest, während Gustav ihm die Füße zusammenband.

Nachdem der Staatsanwalt das Todesurteil vorgelesen hatte, teilte er dem Delinquenten mit, dass dieser noch ein paar letzte Worte sprechen dürfe.

»Der Genosse Stalin wird euch hängen!«, schrie Heumesser. »Alle! Schon bald! Ihr entkommt ihm nicht! Keiner von euch!«

Der Priester begann zu beten und Fritz stülpte dem Hinzurichtenden die schwarze Kapuze über den Kopf.

Hans griff nach dem Strang und legte die Schlinge um Heumessers Hals.

»Herr Scharfrichter, walten Sie Ihres Amtes«, sagte der Staatsanwalt.

»Amen«, fügte der Priester hinzu.

Hans zog am Hebel, die Falltür öffnete sich nach unten, Alfons Heumesser fiel in die Tiefe.

»Das Urteil ist vollstreckt, die Herren.«

Zum Essen waren Hans und Fritz nicht wie üblich in die nächstbeste Gastwirtschaft gegangen. Fritz hatte darauf bestanden, dieses Mal persönlich die Lokalität auszuwählen. Zuvor hatte er seinen Kollegen Gustav gebeten, anderswo zu Mittag zu essen. Den Grund dafür würde er ihm später sagen. Fritz hatte einen Tisch *Im Rattenkrug* bestellt, dem ältesten Gasthaus Hamelns und darüber hinaus die beste Speisegaststätte in der Rattenfängerstadt. Und er hatte Hans erklärt, dass er heute sein Gast sei.

»Du wirst auch gleich verstehen, warum ...«

»Trotzdem werde ich uns erst einmal zwei Pils bestellen.«

»Warte bitte noch, ich möchte mit dir zuvor etwas äußerst Wichtiges besprechen.«

»Natürlich, natürlich. Was ist es denn, mein Junge?«

»Hans, du weißt, dass ich fleißig, genügsam und bodenständig bin. Jedenfalls hoffe ich das,« fügte Fritz mit einem Lächeln hinzu.

»Na hör mal! Ich habe schließlich zwei Augen im Kopf!« Hans grinste breit und bestärkte Fritz damit. Er räusperte sich und legte die Hand aufs Herz. »Nun, Lina und ich sind jetzt bereits zwei Jahre verlobt und wünschen uns nichts sehnlicher, als zu heiraten. Deshalb bitte ich dich, uns deinen väterlichen Segen zu geben.«

»Na endlich! Ich dachte schon fast, das wird nichts mehr! Hatte eigentlich schon viel eher damit gerechnet. Wann soll's denn so weit sein?« Er langte über den Tisch und schlug Fritz freundschaftlich gegen die Schulter.

»Ich dachte, vielleicht im September, wenn die Sommergäste des Hotels abgereist sind.«

Als Lina am nächsten Morgen im Hotel *Zum Rappen* die weiblichen Hotelbediensteten in die anstehende Arbeit einwies, kam Fritz ins Vestibül und überraschte sie mit einem leuchtendweißen Blumenstrauß aus Nelken, Margeriten und Lysianthus.

Lina protestierte überrascht, als Fritz sie in einen Nebenraum zog. Der Protest brach allerdings sofort ab, als Fritz auf ein Knie vor ihr niederging.

»Lina, willst du mich heiraten?«

Linas Augen wurden groß und sie legte sich die Hände vor den Mund. Ihr »Ja, das will ich, Fritz.« war kaum zu hören, doch ihre Freudentränen sprachen Bände.

Fritz lächelte zu ihr empor. »Und gleich nach der Trauung fahren wir in die Flitterwochen. Und zwar dorthin, wo du schon immer hin wolltest …«

»Nach Italien?«

»Ja. Wir beide fahren über das Mittelmeer. Mit einem Passagierdampfer der Deutschen Arbeitsfront. Von Genua über Neapel, Palermo, Bari, Rimini, bis Venedig.«

13

Die Hochzeitsfeier fand am 8. September 1939 im Hotel *Zum Rappen* statt. Es war ein durchweg warmer und sonniger Freitag, als hätte Hans Lippert auch hier seine Finger im Spiel gehabt. Das Fest war umwerfend, geradezu berauschend, genau so, wie der Scharfrichter es sich für seine Tochter immer erträumt hatte.

So viele Gäste hatte seine Familie noch nie bei einer Feier begrüßt. Die Leipziger Honoratioren waren fast vollständig erschienen, Vertreter der örtlichen Kirchen und sogar Martin Mutschmann, NSDAP-Gauleiter und Reichsstatthalter von Sachsen, hatte seinen Stellvertreter zur Gratulation nach Leipzig gesandt. Der blieb zwar nur zehn Minuten, um mit Bräutigam, Braut und Brautvater kurz anzustoßen, aber immerhin – das hatte es zuvor noch nie gegeben.

Auch aus Berlin war Besuch gekommen. Zwar hatten sich die beiden Brüder von Fritz im Laufe der vergangenen Jahre in alle Winde zerstreut und der Vater war 1935 am Wundbrand verstorben, aber Edith hatte die Mutter Amalia nach Leipzig begleitet. Seine Schwester war es auch gewesen, die Fritz vor vier Jahren die Nachricht vom Tod des Vaters geschickt hatte. Seine Verpflichtungen als Scharfrichterhelfer hatten es ihm damals unmöglich gemacht, der Bestattung beizuwohnen. Er hätte es allerdings ehrlich gesagt auch gar nicht gewollt. Fritz empfand nichts, als er von dessen Tod erfuhr. In seinem Tagebuch erwähnte er das Ereignis nur mit einem Satz: »Er ist tot.«

Wie glücklich er war, in Hans Lippert mehr als einen Schwiegervater gefunden zu haben. Und Hans war offensichtlich über die neue Verwandtschaft aus Berlin hocherfreut. Er tanzte ausgiebig mit den beiden Damen. Zuerst die langsamen Walzer mit der etwas korpulenten Mutter Amalia, dann später, als die Stimmung in der Weinstube immer ausgelassener wurde, die schnellen Modetänze mit Edith. Eine kesse junge Frau mit einer richtigen Berliner Schnauze, die Hans immer wieder sprachlos machte. »Und das ist wirklich die kleine Schwester meines lieben, braven Fritz?«, sagte er zwischendurch zu seinem Schwiegersohn. »Unglaublich!«

Seinen übergroßen Gefühlen geschuldet – und auch etlichen Gläsern Armagnac – ließ der Scharfrichter im Tanzrausch ein, zwei Bemerkungen fallen, die Edith aufhorchen ließen: Was war das für eine geheimnisvolle Nebentätigkeit, der Hans Lippert nachging und in der er auch ihren Bruder ausgebildet hatte? Hans Lippert versuchte, auszuweichen, druckste herum, und war froh, als Fritz ihn abklatschte. Während nun sein Schwiegersohn mit Edith durch die Weinstube walzte, trocknete sich der Scharfrichter in einer der Nischen das schweißnasse Gesicht – gerade noch einmal gut gegangen.

Edith wiegte sich in den Armen ihres Bruders und war hingerissen von der vornehmen Familie, in die Fritz eingeheiratet hatte. Allein das Hotel *Zum Rappen* ... Und was für eine hübsche Braut er bekommen habe und einen so beeindruckenden Schwiegervater. Fritz strahlte.

»Ich finde ihn enorm nett, Fritz. Solch eine würdige Erscheinung ... Ich hoffe, dass du später auch einmal so wirst.«

»Ich werde mich bemühen, Schwesterchen. Er ist der Vater, den ich nie hatte.«

»Ja, ich weiß. Hans sagte mir, dass ihr beide nicht nur im Hotel arbeitet, sondern noch einen zweiten Beruf ausüben würdet. Für den ihr oft verreisen müsst.«

»Das hat er dir gesagt?«

»Ja. Was ist das für eine Tätigkeit?«

»Ziemlich geheim ...«

»Zier dich nicht so. Ich bin schließlich deine Schwester.«

»Na schön, du musst es aber für dich behalten. Und auf keinen Fall ein Wort davon zu Muttern.«

»Ehrenwort. Ich kann schweigen wie ein Grab.«

»Wir arbeiten als Scharfrichter. Wir sind ständig im Reich unterwegs und henken Schwerstverbrecher.«

»Du spinnst ...«

»Nein, es ist die Wahrheit.«

Edith lachte. »Hör auf, mich zu veräppeln, Fritz ...«

»Dann eben nicht ...«

Fritz tat so, als sei er eingeschnappt.

»Jetzt sag mir schon, was ihr wirklich macht.«

Fritz zögerte einen Moment, dann erschien ein Grinsen auf seinem Gesicht. »Hast ja recht, Edith, ich sollte dir keinen Bären aufbinden. Hans und ich nehmen Fachprüfungen an Berufsschulen der Hotel- und Gastronomiezunft ab. Er hat den Vorsitz der Kommissionen und ich assistiere ihm.«

»Das klingt nicht gerade spannend.«

»Ist es aber.«

»Na gut. Erzähl mal, in welchen Städten ihr schon überall wart.«

»Nicht jetzt, Edith. Ich habe von der Rumhopserei einen mordsmäßigen Durst. Erst brauche ich ein Bier.«

Fritz zog Edith von der Tanzfläche.

»Ich auch!«

»Hey, du bist ein Mädchen.«

»Na und? Durst bleibt Durst. Oder schämst du dich wegen mir vor deiner schnieken Braut?«

»Ich doch nicht! Herr Ober, zwei Glas Gose bitte ... Edith, ich schäme mich vor niemandem.«

Am nächsten Morgen überreichte man dem jungverheirateten Paar einen bitteren Wermutkelch.

Ein Telegramm aus der Reichshauptstadt traf ein, welches

Hans und seine beiden Scharfrichterhelfer nach Breslau beorderte, zu einer dringenden Exekution. Der eigentlich für die Hinrichtung eingeteilte Scharfrichter war plötzlich schwer erkrankt.

Aufgrund eines Führerbefehls war für Hans und seine Helfer die Absage der Vertretung ausgeschlossen.

Die Flitterwochen in Italien mussten warten.

Vier Tage nach der Hochzeitsfeier saßen Fritz und Gustav in der Eisenbahn, die sie zu der Hinrichtung nach Breslau bringen sollte. Wie üblich war Hans schon ein paar Stunden zuvor mit einem anderen Zug nach Niederschlesien aufgebrochen.

»Und du, Gustav? Hast du denn auch eine Liebschaft, die du mir vielleicht verheimlichst?«

Gustav lachte. »Davon soll mich der liebe Gott verschonen. Nicht mehr auf meine alten Tage.«

»Liebe ist doch etwas sehr Schönes, Gustav.«

»Für junge Leute vielleicht. Ein alter Zausel wie ich, der zu oft an der Fallbeilmaschine gestanden hat und dazu noch nach Verwesung muffelt, der sollte besser daheim am warmen Ofen hocken und Skat dreschen.«

»Das ist Unsinn, Gustav. Uff jeden Topf passt een Deckel, sagt man bei uns im Wedding.«

»Aber nicht auf einen löchrigen Eimer. Lass mal gut sein, Fritz. Ein alter Freimann wie ich ist froh, wenn er seine Ruhe hat.«

»Was ist denn ein Freimann?«

»Wie? Du kennst das Wort Freimann nicht?« Gustav schüttelte den Kopf. »Jetzt erstaunst du mich aber, Fritz.

Das hätte ich nicht gedacht. So ein ehrgeiziger, junger Scharfrichter wie du, der alle Angelegenheiten unseres Berufes auf das Gründlichste studiert hat, der es mit jedem aufnehmen kann ... Na, dann ist der alte Gustav ja vielleicht doch noch zu etwas gut. Also, hör gut zu: Freimänner, so nannte man früher die Mitglieder unserer Zunft. Das war nur einer von vielen Namen, die die Leute uns gegeben haben. Sie hatten noch viel seltsamere Bezeichnungen für uns. Von Angstmännern, Blutrichtern, Hautabziehern, Dehnern, Blutvogten oder dem Knüpfauf hast du aber schon mal gehört, oder?«

Fritz nickte nur.

Als Fritz und Gustav am nächsten Morgen gegen sechs Uhr im Strafgefängnis Breslau den Trakt betraten, in dem der Delinquent einsaß, erwartete Hans sie bereits vor dessen Zelle. Er wirkte angespannt, nervös, rieb sich krampfhaft den Magen.

»Gebt bloß Obacht mit dem Kerl. Das ist ein ganz renitenter Bursche. Mit steiler Karriere! Hat es vom kleinen Ganoven zum Totschläger gebracht.«

»Wir geben unser Bestes, Hans. Hab keine Sorge«, sagte Fritz. Auch Gustav nickte energisch.

»Gut. Ich verlasse mich auf euch. Aber seid auf der Hut!«

»Der Gefangene hat die Henkersmahlzeit abgelehnt und lediglich ein Glas Rotwein sowie seine Zigaretten verlangt«, sagte der Leitende Gefängniswärter. »Wir haben ihn bereits an Händen und Füßen in Ketten gelegt, sonst hätte er einen der unsern mit bloßen Händen erwürgt.«

»Richtig gehandelt. Sehr gut«, sagte Fritz.

Der Delinquent saß auf seiner Pritsche, starrte zu Boden, abwesend, nahm keine Notiz von den eintretenden Personen.

»Aufstehen«, sagte Gustav. »Es geht los …«

Fritz schaute sich den Hinzurichtenden genauer an. Konnte das möglich sein? War der Mann wirklich …? Ja, Fritz war sich sicher. Seine Hände ballten sich zu Fäusten, und eine Welle des Hasses stieg in ihm auf. Das Herz schlug ihm im Hals. Aber er war ganz ruhig, ganz kalt. Er wusste sofort, was jetzt zu tun war. Es war seine Chance, endlich Rache zu nehmen und diese Chance wollte er sich nicht nehmen lassen.

»Gustav, ich muss unserem Dienstherrn etwas äußerst Wichtiges mitteilen … Kommst du alleine zurecht?«

»Natürlich.«

»Dann sehen wir uns nachher am Galgen.«

Fritz rannte los, stolperte durch die Gefängnisgänge, fiel fast hin, konnte sich im letzten Moment aufrecht halten, bis er endlich, nach einer halben Ewigkeit, den Hof erreichte.

Atemlos lief er ins Freie, direkt in die Arme von Albert Henlein.

»Hoppla, Herr Wernicke …«

»Herr … Herr Staatsanwalt …«

»Oberstaatsanwalt, wenn ich bitten darf. Ich bin befördert worden«, sagte der SS-Offizier.

»Wie schön. Ich gratuliere von Herzen.«

»Danke vielmals. Und ich beglückwünsche Sie zu Ihrer Vermählung.«

»Ebenfalls danke ... Danke.«

Als Albert Henlein so freundlich mit ihm redete, wurde Fritz zusehend leichter zu Mute. Er nahm einen tiefen Atemzug frischer Luft und beschwor sich, kontrolliert aufzutreten. Es gab keinen Grund, überzureagieren, redete er sich ein. Der Oberstaatsanwalt war ihm wohlgesonnen.

»Ich habe es leider erst gerade von Ihrem Schwiegervater erfahren. Sonst hätte ich Ihnen selbstverständlich ein Präsent zukommen lassen. Wie auch immer ... Dafür haben Sie jetzt bei mir etwas gut.«

»Das ist zu liebenswürdig, Herr Oberstaatsanwalt. Darf ich Sie ... darf ich Sie gleich beim Wort nehmen?«

»Selbstverständlich.«

Fritz warf einen Blick zu Hans, der oben auf dem Schafott wartete.

»Meinem Schwiegervater geht es heute nicht gut. Ganz erbärmlich geht es ihm sogar. Auch wenn er es Ihnen gegenüber vermutlich aus Pflichtgefühl verschwiegen hat.«

»Ernsthaft? Herr Lippert hat nicht die geringste Anmerkung gemacht.«

»Das dachte ich mir«, nickte Fritz. »So ist er eben. Gewissenhaft bis zum Äußersten. Selbst wenn er sich kaum auf den Beinen halten kann.«

Oberstaatsanwalt Henlein schüttelte bedauernd den Kopf. »Leider kann ich die Exekution nicht aufschieben. Ich muss der Reichskanzlei noch heute den Vollzug melden.«

»Das verstehe ich. Deswegen möchte ich Ihnen vorschlagen, dass Sie mich mit der Hinrichtung beauftragen. Wäre das möglich?«

Albert Henlein zögerte, ließ seinen Blick zwischen Hans auf dem Schafott und Fritz hin und her schweifen. Er sah, wie der Scharfrichter sich mit gequälter Miene mit beiden Händen den Magen rieb.

»Eigentlich müsste ich es ablehnen, da Sie in Berlin noch nicht als verantwortlicher Scharfrichter vereidigt wurden. Aber angesichts dieser Situation ... außerdem habe ich über Ihre bisherige Tätigkeit nur das Allerbeste gehört ... Also schön, Herr Wernicke, ich willige ein.«

»Danke, Herr Oberstaatsanwalt.«

Fritz eilte zum Schafott hinauf, wo Hans bereits aufmerksam geworden war.

»Gibt es Probleme, Fritz?«

»Nein, ganz im Gegenteil. Oberstaatsanwalt Henlein möchte, dass ich die Exekution durchführe.«

»Das will er? Wirklich?«

»Ja, ich hoffe, du bist damit einverstanden.«

»Natürlich, mein Junge. Du bist längst so weit. Das schaffst du, da bin ich mir sicher.«

Während Hans die Stufen hinabstieg, brachten Gustav und die Gefängniswärter den Delinquenten in den Ehrenhof.

Der Zweite Scharfrichterhelfer führte den Hinzurichtenden zum Schafott hoch, stellte ihn über der Falltür auf. Dann sah er Fritz fragend an.

Der flüsterte ihm zu, dass ihr Dienstherr unpässlich sei und er deswegen die Exekution durchführen werde. Gustav zog die Augenbrauen hoch, nickte dann.

Fritz sah den Delinquenten an, doch der blickte durch

ihn hindurch, schien ihn nicht wiederzuerkennen. Auch wenn Fritz inzwischen eine Brille trug und ein schmuckes Oberlippenbärtchen sein Gesicht zierte, war er entgeistert über diese unglaubliche Ignoranz. Ein heftiger Zorn erfasste ihn. Doch er hatte sich im Griff und nickte dem Oberstaatsanwalt zu.

Albert Henlein verlas das Todesurteil und sprach schließlich die entscheidenden Worte: »Herr Scharfrichter, walten Sie Ihres Amtes.«

Gustav wollte dem Delinquenten die Augen verbinden, doch Fritz nahm ihm die Kapuze aus der Hand.

Er trat neben den Mann und sah ihm in die Augen. Wut und Hass aus längst vergangenen Tagen brodelten wieder in Fritz hoch. Doch da war auch noch ein anderes Gefühl, kein siedend heiß kochendes, sondern ein angenehm warmes. Genugtuung. Er flüsterte mit heiserer Stimme: »Paolo, wer hätte das gedacht. Jetzt büßt du für deinen Betrug, du dreckiger Mistkerl. Und deine Schwester krieg ich auch noch dran.«

Paolo Laudano riss die Augen auf, erkannte jetzt, wen er vor sich hatte. Doch schon zog ihm Fritz brutal die Kapuze über das Gesicht.

»Wir bekommen alle das, was wir verdienen«, flüsterte Fritz und zog am Hebel. Die Falltür öffnete sich und Paolo Laudano fiel hinab. Er zappelte kurz, dann hing sein Körper schlaff und leblos am Strang.

Fritz fühlte, wie eine ungeheuer schwere Last von ihm abfiel. Mit Paolos Tod hatte er die große Enttäuschung, die ihn mit Teresa verbunden hatte, endlich hinter sich gelassen. Neben der Erleichterung, die er verspürte, war da aber noch dieses andere Gefühl, das ihn irritierte: Die Genugtuung, die er bei der Hinrichtung Paolos empfunden hatte. Er war Scharfrichter, um Gerechtigkeit walten zu lassen. Das war es auch, was Hans Lippert von ihm erwartete. Doch bei Paolo war es nicht nur um Gerechtigkeit gegangen, Fritz hatte Rache genommen. Er hatte Paolo eigenhändig töten wollen. Je länger er darüber nachdachte, umso größer wurden seine Zweifel. War er der Aufgabe, Scharfrichter zu sein, wirklich gewachsen? Vielleicht war jetzt der Zeitpunkt gekommen, aufzuhören. Er nahm sich vor, mit seinem Schwiegervater darüber zu sprechen.

Doch es blieb bei dem Vorsatz. Fritz ließ jede Gelegenheit für eine Aussprache verstreichen.

14

Lina war schwanger. Sie flüsterte ihm die Neuigkeit am 6. Dezember 1939 zu, bei seinem Geburtstagsumtrunk, nachdem sie am Morgen von ihrem Arzt Gewissheit bekommen hatte.

Den letzten Abend des Jahres 1939 verbrachte Fritz Wernicke im engsten Familienkreis. Das Restaurant im Hotel *Zum Rappen* war an diesem Tag geschlossen, erst an Neujahr würde man wieder Gäste begrüßen. Eine seltene Gelegenheit also für eine Familienfeier. Lina hatte gekocht, Fritz eine Feuerzangenbowle vorbereitet.

Als Hans am späten Nachmittag die Wohnung betrat, brachte er zwei Flaschen Champagner mit.

Vor dem Abendessen hörten sie am Rundfunkempfänger gemeinsam die Ansprache des Reichsministers Goebbels. Er verurteilte den polnischen Aggressor auf das Schärfste. Doch man habe den Polenfeldzug in Windeseile und mit großer Überlegenheit beendet, das sollten sich die britischen und französischen Kriegstreiber eine Warnung sein lassen. Wer sich mit dem Deutschen Reich anlege, könne nur verlieren und untergehen.

Dann verkündigte der Reichsminister die Parole für das kommende Jahr: *Kämpfen und arbeiten!* Eine Losung, der Hans und Fritz nur zustimmen konnten. Sie applaudierten, während Lina in der Küche verschwand, um letzte Vorbereitungen zu treffen.

Kurz darauf saßen sie an dem festlich gedeckten Tisch und speisten vergnügt. Linas Leipziger Allerlei mit Flusskrebsen schmeckte hervorragend und war ein angemessener kulinarischer Ausklang eines so bewegten Jahres. Die werdende Mutter bekam viel Lob von ihren beiden Männern.

Als abgeräumt war, zündete Fritz den Zuckerkegel der Feuerzangenbowle an und schaltete erneut den Rundfunkempfänger ein. Aus der Hauptstadt wurde das Wunschkonzert für die Wehrmacht übertragen. Eine Sendung, die alle drei liebten. Wie die meisten Deutschen.

In dem Wunschkonzert brachten bekannte Theatermimen, Filmstars und Kabarettkünstler aus dem großen Sendesaal im *Haus des Rundfunks* Lieder, Märsche und Couplets zum Vortrag. Freunde und Angehörige sandten den Soldaten Grüße, verkündeten familiäre Neuigkeiten, schickten Gratulationen durch den Äther.

Während Fritz und Hans ihre Feuerzangenbowle schlürften, nippte Lina an einer Brauselimonade, die die Coca-Cola-Gesellschaft aus Essen gerade neu auf den Markt gebracht hatte. Sie hieß Fanta, bestand aus Molke und Fruchtfleisch und sollte angeblich die Fantasie beflügeln. Lina mochte sie.

Während die drei dem Konzert lauschten, unterhielten sie sich darüber, was ihnen das neue Jahr wohl bringen würde.

»Uns wird es das erste Kind bringen, Lina.« Fritz legte zärtlich die Hand auf den Bauch seiner Frau. »Es ist egal, ob es ein Junge oder ein Mädchen ist.« Dann musste er schmunzeln. »Wobei ... mir selbst wäre ein Junge schon lieber ...«

»Mir bringt 1940 mein allererstes Enkelkind. Und darauf freue ich mich wirklich sehr.« Hans tätschelte die Hand seiner Tochter. »Meine liebe Lina, ich hoffe insgeheim, dass noch weitere Enkelkinder folgen werden.«

»Fritz und ich werden uns gerne redlich bemühen.«

Die drei lachten.

Dann wurde Hans ernst.

»Ich möchte euch etwas Wichtiges mitteilen. Eine Sache, über die ich schon längere Zeit nachdenke. Im kommenden Jahr werde ich 65 und ich finde, es ist an der Zeit, dass ich ein paar Dinge ändere. Mir wird die Doppelbelastung allmählich zu viel. Das ewige Reisen ... und ständig diese Magenschmerzen. Deshalb habe ich mich entschlossen, meine Tätigkeit als Scharfrichter im Laufe des kommenden Jahres zu beenden. Und falls Fritz einverstanden ist, würde ich ihn gern dem Reichsjustizministerium als meinen Nachfolger vorschlagen.«

Fritz musste schlucken. Jetzt müsste er sich seinem Schwiegervater und auch Lina anvertrauen, müsste endlich seine Bedenken zur Sprache bringen. Es war die letzte Möglichkeit. Aber beide sahen ihn so erwartungsvoll an. So viele Pläne, so große Hoffnungen wurden in ihn gesetzt. Er würde sie nicht enttäuschen.

»Ja, das bin ich«, sagte er.

»Dann sei es so«, sagte Hans. »Ich denke, dass wir die Übergabe im Frühsommer bewerkstelligen sollten. Gleich nächste Woche werde ich ans Reichsjustizministerium schreiben und um einen Termin bitten. Damit alles seine Ordnung hat.«

Kurz darauf begrüßte die Reichsmessestadt das Jahr 1940 mit einem rauschenden Feuerwerk. Hans, Fritz und Lina stießen mit Champagner an und sahen zu, wie Leipzigs Innenstadt in ein buntes Lichtermeer getaucht wurde. Raketen schossen in die Luft, Böller machten ohrenbetäubenden Krach und aus allen Ecken schallten Prosit-Neujahr-Rufe.

In der zweiten Februarwoche 1940 fuhren Hans und Fritz nach Berlin. Zu einem offiziellen Gesprächstermin im Reichsjustizministerium. Nicht mit der Bahn, sondern im eigenen Pkw. Einem Wanderer W24, den Hans seinem Schwiegersohn zur anstehenden Übernahme des Scharfrichteramtes geschenkt hatte. Sie wurden von Oberstaatsanwalt Albert Henlein, der inzwischen zum SS-Brigadeführer befördert worden war, empfangen. Im Gegensatz zu den meisten anderen Führungspersönlichkeiten des Justizapparates hatte Henlein keinerlei Berührungsängste mit den Vertretern des Scharfrichtergewerbes.

Hans Lippert erläuterte seine Gründe, weshalb er von der Scharfrichtertätigkeit zurücktreten wolle, und der Oberstaatsanwalt konnte sie gut nachvollziehen. Auch dem Vorschlag, Fritz als Nachfolger im Scharfrichteramt einzusetzen, stand er positiv gegenüber. Dann deutete Albert Henlein auf das kleine Parteiabzeichen, das an Fritz' Revers prangte und lächelte.

»Ich sehe, Sie sind inzwischen ein Parteigenosse, Herr Wernicke ...«

»Schon seit vergangenem September, Herr Oberstaatsanwalt.«

»Ihr Entschluss war gut, sehr gut sogar. Das wird die Dinge beschleunigen. Es wird allerdings eine Weile dauern, bis in unserem Ministerium alle nötigen Abteilungen ihr Plazet gegeben haben. Auch in der neuen Ordnung herrscht eine gewisse Bürokratieseligkeit. Aber ich denke, dass der 1. Juli ein gutes Datum für die offizielle Übergabe ist. Wie sehen Sie das, Herr Wernicke?«

»Das passt uns sehr gut«, antwortete Fritz.

»Stellen Sie sich also darauf ein, dass Sie in der letzten Juniwoche hier im Reichsjustizministerium als neuer Scharfrichter vereidigt werden. Und Ihnen, Herr Lippert, werde ich die ehrenvolle Entlassungsurkunde zeitgleich zukommen lassen.«

»Danke, Herr Oberstaatsanwalt«, sagte Hans.

»Und ich kann mich in Ruhe auf die Suche nach einem geeigneten zweiten Scharfrichterhelfer machen«, sagte Fritz.

»Angesichts des Pensums, welches in den kommenden Jahren auf Sie zukommen wird, sollten Sie ernsthaft in Erwägung ziehen, zwei weitere Scharfrichterhelfer einzustellen. Das Reich hat den Etat für solche Maßnahmen entsprechend erhöht. Haben Sie schon eine Vorstellung, wen Sie deswegen ansprechen wollen? Es ist ja keine ganz unkomplizierte Angelegenheit.«

»Nein, Brigadeführer.«

»Ich bin mir nicht sicher, aber vielleicht kann ich Ihnen helfen. Einen Moment, die Herren …«

Oberstaatsanwalt Henlein stand auf und verschwand in einem Nebenzimmer. Einige Minuten später kam er mit zwei dicken Aktenordnern zurück. Er legte sie auf seinen Schreibtisch.

»Wir bekommen fast wöchentlich Briefe von Volksgenossen, die sich für eine Arbeit als Scharfrichter bewerben. In den beiden Ordnern hier sind allein die aus den vergangenen zwei Jahren. Immerhin 106 Schreiben. Ich würde vorschlagen, dass Sie die Ordner nach Leipzig mitnehmen und in Ruhe durcharbeiten. Natürlich muss das absolut vertraulich geschehen. Falls Sie fündig werden sollten, wird unser Ministerium für Sie den Kontakt mit dem jeweiligen Bewerber herstellen.«

»Das wäre eine große Hilfe«, sagte Fritz.

»Dann machen wir es so. Und bitte schicken Sie mir die beiden Ordner in spätestens vier Wochen zurück.«

In den nächsten zehn Tagen verbrachte Fritz jeden Abend in Hans' Büro. Gemeinsam mit seinem Schwiegervater arbeitete er sich systematisch durch die Bewerbungsschreiben. Zuerst ordneten sie alle Eingänge unter logistischen Gesichtspunkten. Jeder Kandidat, der mehr als hundert Kilometer von Leipzig entfernt wohnte, schied automatisch aus.

Danach studierten sie die verbliebenen 32 Briefe mehrfach, lasen sie bis ins kleinste Detail, versuchten die Ernsthaftigkeit des Verfassers einzuschätzen. Was sprach für ihn, was sprach gegen ihn? Mit jedem Tag reduzierte sich der Kreis der möglichen Scharfrichternovizen immer mehr, bis schließlich nur noch zwei Personen aus der Bewerberakte des Reichsjustizministeriums übrig blieben:

Bewerber Nr. 37 war ein gewisser Enno Purwienen, 1911 im kurländischen Windau geboren. Er hatte Tischler gelernt und anschließend in verschiedenen Handwerksbetrieben gearbeitet. 1939 kam Purwienen als Umsiedler ins Deutsche Reich. Er besaß Erfahrungen als Scharfrichterhelfer, hatte sowohl in Breslau als auch in Kattowitz und Posen aushilfsweise als Scharfrichterhelfer gearbeitet. Bei insgesamt sechs Exekutionen. Purwienen war mit dem Strang vertraut, aber nicht mit der Fallschwertmaschine. Der Kurländer war ledig, arbeitete zurzeit in einer Tischlerei in Grimma und war bereit, für eine gute Beschäftigung erneut umzuziehen.

Bewerber Nr. 84 hieß Dankwart Gentsch, der 1907 in Meuselwitz, Thüringen, geboren worden war. Der ehemalige Zimmermann lebte in Leipzig, war verheiratet und hatte sechs Kinder. Bei der Wehrmacht war Gentsch am 4. Oktober 1939 in der Schlacht nahe Kock schwer verwundet worden. Seitdem zog er sein linkes Bein nach.

Kriegsuntauglich und unfähig, weiter in seinem erlernten Beruf zu arbeiten, ging er in Altenburg einer Tätigkeit als Pförtner nach. Dankwart Gentsch hatte keine Erfahrungen als Scharfrichterhelfer, galt aber als äußerst zuverlässiger Soldat.

Nachdem Fritz seinen Wunsch ins Reichsjustizministerium übermittelt hatte, dass er Purwienen und Gentsch gerne treffen würde, erreichte ihn fünf Tage später ein Telegramm aus Berlin.

23. April Termin mit Bewerbern.
Ratskeller Borna 12 Uhr.
Mit deutschem Gruß, Albert Henlein.

An dem Tag betrat Fritz den Ratskeller in Borna eine Viertelstunde nach der ausgemachten Zeit. Er hatte sich bewusst verspätet, um von Anfang an klar zu machen, dass er sich als künftiger Dienstherr nicht an Gepflogenheiten zu halten gedachte und es auch nicht für nötig befand, sich zu entschuldigen.

Enno Purwienen und Dankwart Gentsch saßen in einer Ecknische, beide im Sonntagsanzug. Gentsch war lang und hager, Purwienen klein und dick. Sie schienen sich bestens zu verstehen.

Fritz setzte sich zu ihnen und begann, sie sogleich gezielt

zu befragen. Es gab noch ein paar offene Punkte, die er und sein Schwiegervater in den Unterlagen nicht hatten klären können. Fragen, die den Bereich Religion und moralische Wertvorstellungen betreffen.

Die zwei Männer gaben sich große Mühe, alles gewissenhaft zu beantworten und Fritz gewann schnell den Eindruck, dass es mit ihnen klappen könnte.

»Ich halte sie für potenziell tauglich, meine Herren. Ich zahle jedem ein monatliches Grundgehalt von 98 Reichsmark. Für jedwede Hinrichtung eine zusätzliche Prämie von 14 Reichsmark. Sind Sie einverstanden? Dann geben Sie mir Ihre Hand …«

Sichtlich erfreut über das lukrative Gehalt schlugen Purwienen und Gentsch ein.

»Sie fangen beide als einfache Scharfrichterhelfer an und tun genau das, was ich oder mein Erster Scharfrichterhelfer Gustav Schletter Ihnen sagen. Er wird Sie im praktischen Teil ausbilden, bei mir bekommen Sie die Theorie beigebracht. Haben Sie noch irgendwelche Fragen?«

Die beiden Männer schüttelten die Köpfe.

»Ach ja … Ich lege allerhöchsten Wert auf Ehrlichkeit, Fleiß, Gewissenhaftigkeit und Ordnungsliebe. Die deutschen Tugenden eben. Wenn Sie die beherzigen, werden wir bestens miteinander zurechtkommen.«

»Natürlich, Herr Wernicke.«

»Das versteht sich doch von selbst.«

»Dann erlaube ich mir, Sie jetzt zu einem ordentlichen Krug Gose einzuladen, damit wir unsere künftige Zusammenarbeit zünftig feiern können!«

15

Als Fritz seinen Wanderer vor dem Reisjustizministerium abstellte, schien die Morgensonne vom Himmel. So richtig konnte er sich aber nicht an der angenehmen Wärme erfreuen. Bei dem Gedanken daran, was er im Inbegriff war zu tun, lief ihm ein kalter Schauer über den Rücken. Fühlen sich so die Männer, wenn sie die Stufen zum Schafott emporsteigen?, dachte er. Einen Augenblick später rügte er sich für seine Gedanken. Er stand im Dienst des Vaterlandes und steuerte seinen Beitrag dazu bei, es von Störfaktoren zu befreien.

Außer Oberstaatsanwalt Henlein nahmen noch zwei weitere Juristen an der Amtsübergabe teil. Fritz wurden die neuen Richtlinien für das Scharfrichtergewerbe vorgelegt, die das Ministerium ausgearbeitet hatte. Sämtliche Aspekte des Vollzugs der Todesstrafe waren dort bis ins Einzelne geordnet worden. Dazu hatte man die zentralen Hinrichtungsstätten für das ganze Reichsgebiet festgelegt. Überhaupt lief der ganze Ablauf der Vollstreckungen nun erheblich effizienter ab, wie Albert Henlein feststellte.

»Um die Wehrkraft des deutschen Volkes zu stärken, wurden die Straftatbestände erheblich erweitert«, sagte der Oberstaatsanwalt. »Unter anderem haben wir deshalb eine gesonderte Verordnung gegen Volksschädlinge erlassen. Die meisten Volksgenossen, und da muss ich viele meiner Kollegen aus unserem Ministerium leider miteinbeziehen, haben für die Vertreter Ihres Gewerbes zumeist nur Verachtung übrig. Aber das ist ungerecht und zeugt von erheblicher Ahnungslosigkeit. Wie sage ich immer, Dr. Jüttner ...?«

»Es sind allesamt Männer, die dem deutschen Volk einen großen Dienst erweisen, Brigadeführer ...«

»Richtig, das genau sind meine Worte. Männer, die dabei, abgesehen von wenigen menschlichen Aussetzern, anständig und tapfer geblieben sind. Egal, wie schwer ihre Arbeit auch war. Obwohl ihr Ruhmesblatt niemals geschrieben werden wird.«

»Danke, Herr Oberstaatsanwalt«, sagte Fritz.

Der dritte Jurist legte dem Scharfrichter mehrere Seiten vor und reichte ihm einen Füllfederhalter.

»Wenn Sie bitte an den angekreuzten Stellen unterschreiben wollen ...«

Fritz tat, wie geheißen. Der Stift lag ihm schwer in der Hand, das Herz schwer in der Brust.

»Die Richtlinien für Scharfrichter verbleiben hier im Ministerium«, erklärte Albert Henlein. »Aus Gründen der Geheimhaltung.«

»Natürlich.«

»Dann darf ich Sie hiermit offiziell als Hans Lipperts Nachfolger begrüßen, Herr Wernicke. Ihre Amtszeit beginnt am 1. Juli 1940. Ich möchte Ihnen persönlich dazu alles Gute wünschen.«

Nachdem die Besprechung beendet war und die Runde sich aufgelöst hatte, lud der Oberstaatsanwalt Fritz zur Feier des Tages zum Mittagessen ins Restaurant *Horcher* ein.

Als sie die Gaststätte betraten, begrüßte der Wirt Otto

Horcher den SS-Brigadeführer als angesehenen Stammgast und führte ihn und seinen Begleiter zu einem reservierten Tisch. Natürlich war Fritz das Edelrestaurant schon aus seiner Lehrzeit im Hotel *Excelsior* bekannt, aber es war das erste Mal, dass er es von innen sah.

Alle Tische waren besetzt, wobei um diese Tageszeit die männlichen Gäste eindeutig in der Überzahl waren, darunter viele Uniformträger.

»Ich kann Ihnen den Rehrücken wärmstens empfehlen«, sagte Henlein.

»Da sage ich nicht nein.«

Nachdem sie sich auf einen leichten Rotwein geeinigt hatten, kam Otto Horcher zurück, um persönlich die Bestellung aufzunehmen. Eine absolute Seltenheit, wie SS-Brigadeführer Henlein konstatierte.

»Wie kommen wir zu dieser Ehre?«, fragte er.

Mit einem Nicken deutete Horcher auf einen leeren Platz an einem der Nachbartische. Der dazugehörige Gast war gerade auf der Toilette.

»Wenn der Reichsmarschall bei uns diniert, bin ich immer in der Nähe seines Tisches. Ich möchte nicht riskieren, dass einem meiner Kellner ein Fauxpas unterläuft.«

Sekunden später kam ein dicker Mann aus dem Toilettengang, der eine protzige weiße Uniform trug – der Reichsluftfahrtminister und Preußische Ministerpräsident Hermann Göring. Leutselig legte er dem schmalen SS-Brigadeführer die Hand auf die Schulter.

»Parteigenosse Henlein … Schön, Sie zu sehen. Alles in Ordnung im Reichsjustizministerium?«

»Ich kann nicht klagen, Herr Reichsmarschall. Ich gratuliere Ihnen übrigens nachträglich noch zu Ihrer Ernennung.«

»Danke, danke, ein schweres Amt jagt das andere. Da braucht es schon eine robuste Natur.«

»Die Sie selbstverständlich besitzen, wie jedermann weiß.«

Göring lächelte geschmeichelt, dann sah er Fritz Wernicke an.

»Wir kennen uns nicht, oder?«

»Bedauerlicherweise nicht, Herr Reichsmarschall«, sagte Fritz mit fester Stimme.

»Arbeiten Sie auch im Reichsjustizministerium?«

»Nicht direkt.« Bevor Fritz etwas sagen konnte, kam Henlein ihm zuvor. »Aber er ist ein sehr wichtiger Mitarbeiter. Kriegsentscheidend würde ich sogar sagen.«

»Und was macht er so Bedeutungsvolles?«

»Er henkt für das Deutsche Reich den ganzen Abschaum, Herr Reichsmarschall. Volksverräter und andere Lumpen. Herr Wernicke ist Scharfrichter.«

»Henlein, Sie wollen mich vergackeiern!«

»Das würde ich niemals wagen.«

Göring musterte Fritz misstrauisch.

»Stimmt es, was der SS-Brigadeführer sagt?«

»Jawohl, Herr Reichsmarschall. Ich arbeite als Scharfrichter, ich bin bereits im sechsten Jahr auf dem Gebiet tätig.«

Einen Moment war Göring verblüfft, dann lachte er lauthals.

»Na, wenn unsere Henker sich solch einen piekfeinen Schuppen wie das Horcher leisten können, dann kann es mit dem Justizsalär ja nicht so schlecht bestellt sein. Kennen Sie übrigens die berühmten letzten Worte des Henkers von Wandsbek, Herr Wernicke?«

Fritz schüttelte den Kopf.

»Das Fallbeil klemmt? Kein Problem, ich schau mal nach, was ...«

Göring lachte erneut, ging zu seinem Tisch und setzte sich.

Zurück aus Berlin setzte Fritz im Juli die Ausbildung seiner neuen Gehilfen fort. Enno Purwienen und Dankwart Gentsch stellten sich geschickt an und begriffen schnell, worauf es bei der Tätigkeit eines Scharfrichterhelfers ankam. Das war gut, denn schon bald stand die erste Bewährungsprobe der neuen Scharfrichtermannschaft an.

Aber zuvor sollte Fritz, der so viel Tod erfahren hatte, dem Leben begegnen. Der 6. August war der Tag von Linas Niederkunft, und vor Aufregung klopfte Fritz das Herz bis zum Hals, als er endlich das Schlafzimmer betreten durfte, um das Neugeborene zu sehen. Eine Entbindung im Krankenhaus war für Lina nicht infrage gekommen, eine deutsche Mutter verzichtete auf jegliche Bequemlichkeit und brachte ihr Kind zu Hause auf die Welt. In dem von der Sommersonne aufgeheizten Zimmer roch es nach Blut und Schweiß. »Sie können sich freuen, stolzer Vater eines gesunden Stammhalters zu sein«, sagte die Hebamme, die Hände in die Hüften gestemmt. Fritz beugte sich über die Wiege und wurde von seinen Gefühlen überwältigt, als er da das kleine Bündel Leben liegen sah. ›Mein Sohn‹, dachte er, den Tränen nahe. ›So zerbrechlich und unschuldig. So kommen wir alle auf die Welt.‹ Er traute sich gar nicht, den kleinen Jungen zu berühren. Dafür schloss er aber seine erschöpfte Lina umso inniger in die Arme.

»Hans und ich waren uns ja sicher, dass es ein Peter Albert wird und wir keinen Mädchennamen brauchen«, sagte er und lachte.

»Ich doch auch, Fritz, ich doch auch.«

Knapp drei Wochen später kam Hans gleich nach dem Frühstück in die Wohnung seines Schwiegersohnes, um ihm mitzuteilen, dass er noch am selben Tag aufbrechen müsse, weil bereits am folgenden seine erste eigenverantwortliche Hinrichtung anstand. Fritz wusste natürlich, dass dieser Moment kommen würde, und doch wurde ihm plötzlich flau im Magen. Er versuchte, das Gefühl zu ignorieren und sich einzureden, dass die Ankündigung ihn so früh am Morgen einfach überrascht hatte. Er suchte nach etwas, das er sagen konnte, um den Moment der Unsicherheit zu überspielen, als glücklicherweise lautes Geschrei aus dem Kinderzimmer erklang. Der kleine Peter war aufgewacht, worauf Hans gleich zu seinem Enkel eilte. Der stolze Großvater konnte nicht genug von dem Kleinen bekommen. So oft wie möglich kam er in die Wohnung, um bei Peter sein zu können.

Kurz darauf brach Fritz mit Gustav Schletter, Enno Purwienen und Dankwart Gentsch zur zentralen Hinrichtungsstätte in Posen auf. Natürlich auf getrennten Routen.

Die Scharfrichterhelfer mit dem Zug, der frisch ernannte Scharfrichter mit seinem Wanderer.

Im Untersuchungsgefängnis warteten fünf Delinquenten auf die Vollstreckung. Es waren Zeugen Jehovas, die seit Jahren gegen das Deutsche Reich agitiert und verbotenes Schriftgut ins Land geschmuggelt hatten. Alle Bibelforscher hatten zudem den Kriegsdienst verweigert und bereits mehrjährige Haftstrafen hinter sich. Mit Kriegsbeginn war für dieses Vergehen die Todesstrafe das übliche Strafmaß und der Volksgerichtshof verurteilte sie wegen Wehrkraftzersetzung zur Höchststrafe. Fritz wusste von Oberstaatsanwalt Henlein, dass es der Wunsch der Parteiführung war, die gegen das Deutsche Reich hetzenden Bibelforscher schnellstmöglich auszurotten. Darin sah er für seine Arbeit auch kein Problem. Ihm gab vielmehr zu denken, dass er noch nie zuvor fünf Personen an einem Tag exekutiert hatte. Und dazu noch mit einer nicht eingespielten Mannschaft.

Aber Fritz hatte sich in den letzten Tagen gründlich vorbereitet, damit alles perfekt ablief. Er wollte seinen Gönner Albert Henlein auf keinen Fall enttäuschen.

Nach seiner Ankunft am späten Nachmittag hatte Fritz die Örtlichkeit und die Guillotine eingehend inspiziert, aber ihm war nichts Ungewöhnliches aufgefallen.

Die Wege waren kurz, sodass er Enno und Dankwart damit beauftragen konnte, den jeweiligen Delinquenten aus seiner Zelle zu holen – und später seinen Leichnam in einen der Särge zu legen. Gustav hingegen würde den Hinzurichtenden auf das Streckbett schnallen und nach der Exekution wieder losmachen.

Am nächsten Morgen ließ Fritz sich von den Gefängniswärtern bereits um halb fünf wecken, um sich in aller Ruhe fertig zu machen. Zum ersten Mal trug er heute seine neue Scharfrichterdienstkleidung. Ein Frack mit steifem Kragen und Zylinder, ganz ähnlich, wie Hans es gehalten hatte, doch statt eines altmodischen Querbinders hatte er eine schwarze Krawatte gewählt.

Zwar gab es keinen Spiegel in seiner Zelle, aber Fritz wusste, wie er nun aussehen musste. Oft genug hatte er Hans in der gleichen Aufmachung gesehen. Er zupfte an dem Kragen, der ihm zu eng schien. Er lag um seinen Hals beinahe wie … Fritz schüttelte entschieden den Kopf. Dies war seine Uniform. Er musste ihr gerecht werden und selbstbewusst auftreten, damit er sowohl die Delinquenten als auch die Vertreter des Justizapparates beeindrucken würde. Er straffte die Schultern und machte sich bereit für das anstehende Tagwerk. Frühzeitig betrat der neue Scharfrichter den Hinrichtungsraum. Wenig später brachten Dankwart und Enno den ersten Delinquenten herein. Der Bibelforscher machte einen geradezu verklärten Eindruck, schien wahrhaft unbekümmert in den Tod zu gehen. Offensichtlich war er fest von seiner baldigen Auferstehung im Königreich Gottes überzeugt.

Der Staatsanwalt verlas das Urteil, doch der Mann nahm es nicht wahr, betete lautlos, ließ sich dann von Gustav ohne Widerstand auf das Kippbrett schnallen. Dann senkte der Helfer es herab.

»Scharfrichter, tun Sie Ihre Pflicht«, sagte der Staatsanwalt.

Fritz löste das Seil. »Herr Staatsanwalt, das Urteil ist vollstreckt.«

Nach einer Dreiviertelstunde waren alle fünf Bibelforscher hingerichtet.

In den nächsten Monaten verdreifachten sich die Hinrichtungen, wurden im Jahr darauf sogar verachtfacht. Aber wenn Fritz geglaubt hatte, dass die Hinrichtungsquote im Deutschen Reich längst ihren Höhepunkt erreicht hatte, dann hatte er sich geirrt. Und so wie der Präsident des Volksgerichtshofs seine Angeklagten im Stundentakt zum Tode verurteilte, vollzog Fritz die Hinrichtungen in einer Art Fließbandarbeit. Es starben täglich zehn bis 20 Menschen durch seine Hand. Mittlerweile war er vollkommen taub für ihre Schreie und blind für das Flehen in ihren Augen. Er fühlte kaum noch etwas, wenn er sie henkte. Sie waren nichts weiter als namen- und gesichtslose Puppen.

Fritz verdiente mit seiner Henkertätigkeit immer mehr. Doch er hatte keine große Freude an dem Geld, denn das anfängliche Kriegsglück des Deutschen Reiches wendete sich, die Niederlage bahnte sich an.

Im Juli 1943 landete die US-Armee im Südosten Siziliens, wenige Tage später wurde Hamburg durch Angriffe der Royal Air Force zerstört, 40 000 Menschen verloren ihr Leben. Und die Bombenflüge auf das Deutsche Reich setzten sich fort. Fritz sorgte sich immer öfter um die Seinen, zumal ihm Lina beim letzten Aufenthalt in Leipzig mitgeteilt hatte, dass sie erneut schwanger war.

Es war nicht einfach gewesen, aber seine Schwester Edith hatte noch rechtzeitig zum Nikolaustag für Fritz eine Dampfmaschine aufgetrieben. Beste Vorkriegsware, so etwas wurde schon lange nicht mehr hergestellt. Zum Glück war Edith mit der Tochter eines Spielzeugladenbesitzers befreundet und dieser hatte im Keller noch etliche Schätze eingelagert. Sogar eine Flasche Spiritus hatte Edith ihm abluchsen können.

Am nächsten Tag würde Fritz endlich wieder nach Leipzig kommen und dort bis zum 8. Dezember bleiben. Er freute sich schon darauf, die Dampfmaschine mit Peter Albert auszuprobieren und es ordentlich qualmen zu lassen.

Er sah Edith nur selten, aber Fritz empfand noch immer eine tiefe Verbundenheit zu ihr. Mit aufgesparten Essensmarken hatte Edith ein wahres Festmahl gezaubert und Fritz steuerte zwei Flaschen Rheinwein bei. Es wurde ein vergnüglicher Abend, und die Geschwister gingen erst gegen ein Uhr nachts zu Bett.

Kurz nach zwei wurden sie von lautem Sirenengeheul geweckt – Fliegeralarm.

Im nächstgelegenen Luftschutzbunker erfuhren sie, dass ein großer Geschwaderverband der Royal Air Force von Norddeutschland aus auf Berlin zuflog. Man rechnete mit schwerstem Bombenhagel. Doch der blieb aus. Um 4:20 Uhr wurde Entwarnung gegeben. Die britischen Flugzeuge waren kurz vor Berlin nach Süden abgedreht. Mit dem Ziel Leipzig. Dort hatten sie Hunderte Tonnen Brand- und Sprengbomben abgeworfen.

Als es hell wurde, versuchte Fritz vom Telegrafenamt aus,

mit Leipzig Kontakt aufzunehmen, doch die Leitung war tot.

»Glaubst du, dass sie …?«, fragte Edith.

»Ich melde mich bei dir, sowie ich Näheres weiß.«

Als Fritz in Leipzig ankam, war die Situation noch viel schlimmer, als er befürchtet hatte. Die Bomben und der Feuersturm hatten weite Teile der Stadt vollständig zerstört. Er musste seinen Wagen vor der Stadt abstellen und sich zu Fuß zu der Stelle durchschlagen, an der sich das Hotel *Zum Rappen* befand.

Die meisten Gebäude, an denen er vorbeikam, lagen in Schutt und Asche. Jeder Schritt, den Fritz in Richtung des Hotels machte, fiel ihm schwerer, bis er schließlich nur noch schlurfte. Er sah es bereits aus der Ferne und spürte jegliche Kraft aus seinem Körper weichen. Es war, als würden seine Beine sich nur noch von selbst bewegen, und als er schließlich vor dem Hotel stand, gaben sie beinahe unter ihm nach. Denn vom *Rappen* war nichts übrig außer einem Haufen Trümmer. Doch Fritz klammerte sich an dem letzten Funken Hoffnung fest.

Zwei Jahre zuvor hatte sein Schwiegervater einen Teil des Kellergeschosses zu einem Luftschutzraum ausbauen lassen. Vermutlich hatte er dort mit Lina und Peter Albert vor dem Bombenangriff Schutz gesucht. Fritz fragte nach Überlebenden und musste dabei so verzweifelt ausgesehen haben, dass man ihm mit mitleidsvoller Miene versprach, dass am Nachmittag ein Bergungstrupp käme, um den Zugang zum Bunker freizulegen.

Fritz half mit, schaufelte für zwei und betrat schließlich als Erster den Luftschutzraum, der unversehrt geblieben war. Doch dort unten sank ihm erneut das Herz. Eine Gruppe Menschen war in dem Raum, sitzend und liegend, aneinander gelehnt, scheinbar schlafend. Doch keiner von ihnen rührte sich. Die, die hier Zuflucht gesucht hatten, fanden letztlich doch nur den Tod. Brandgase waren von außen in den Keller eingedrungen und hatten sie vergiftet.

In einer Ecke stieß Fritz auf Linas und Hans' Leichen. In den Armen seiner Frau lag der kleine Peter Albert, eingewickelt in ein Tuch. Fritz stolperte zu ihnen und griff nach dem Jungen. Fahrig, fast panisch tastete er seine Brust ab und spürte, wie sie sich langsam, kaum merklich hob und senkte. Tränen stiegen ihm in die Augen und er brüllte nach einem Arzt.

Nach der Untersuchung wurde Peter Albert als gesund eingestuft. Noch am Abend fuhr Fritz mit seinem Sohn zu seiner Schwester nach Berlin. Er fühlte sich hilflos und überfordert. Was für einen Sinn machte das Leben jetzt noch für ihn? Ohne Lina? Aber er hatte die Verantwortung für seinen Jungen. Er musste sich um Peter kümmern. Er drückte seinen Sohn fest an sich.

Seine Schwester baute für Peter Albert in ihrem Nähzimmer aus einem Wäschekorb ein Bett. Dann legte sie den Kleinen schlafen und setzte sich zu ihrem Bruder in die Küche.

»Wie soll es denn jetzt weitergehen, Fritz?«

»Ich kann es dir nicht sagen …«

»Ihr könnt beide hierbleiben. Das weißt du.«

»Ja, Edith. Danke, aber … Wenn du dich um Peter kümmern könntest … Das wäre mir die allergrößte Hilfe.«

»Und du?«

Fritz zuckte mit den Achseln, schwieg und schaute an seiner Schwester vorbei. Schließlich versuchte er ein Lächeln, was ihm aber misslang.

»Du weißt ja sicher längst, dass ich wirklich Scharfrichter bin. Und als Scharfrichter werde ich auch weiter arbeiten. Was anderes bleibt mir sowieso nicht übrig. Ich muss für den Jungen sorgen. So viel Geld wie möglich verdienen, damit ich das Hotel wiederaufbauen kann.«

Edith nickte.

»Außerdem würde man mich gleich an die Front schicken, wenn ich die Tätigkeit kündige.«

»Glaubst du, dass wir den Krieg noch gewinnen können?«

Fritz schüttelte den Kopf. »Nein. Es ist der Anfang vom Ende. Es wird alles noch viel schlimmer.«

Fritz nahm sich ein Zimmer in der Nähe von Leipzig, in Wurzen, einer Kleinstadt, die bislang von den Bombenangriffen weitestgehend verschont geblieben war. So war er nahe bei seinen drei Scharfrichterhelfern, denn ihre Arbeit wurde nicht weniger. In der Regel vollstreckten Fritz und seine Männer jetzt an drei, vier Terminen pro Woche jeweils mehrere Delinquenten.

Jeden Exekutionsauftrag, den sie von dem Reichsjustizministerium erhielten, mussten sie ausführen. Und zwar ohne Wenn und Aber.

In den folgenden Monaten schaffte es Fritz nur selten

nach Berlin, um Edith und Peter Albert zu besuchen. Aber er schickte Edith regelmäßig Geld und sie hielt ihn brieflich über die Entwicklung des Jungen auf dem Laufenden.

Am 20. Juli 1944 hörte Fritz beim Abendessen von dem gescheiterten Attentat auf Adolf Hitler. Er ahnte, was das bedeuten würde …

Am Tag nach dem Anschlag erhielt Fritz ein Telegramm des Reichsjustizministeriums. Er solle sich umgehend bei Oberstaatsanwalt Albert Henlein in Berlin einfinden. Am nächsten Morgen fuhr der Scharfrichter in die Hauptstadt.

Der schmale Oberstaatsanwalt, der mittlerweile bereits zum SS-Obergruppenführer befördert worden war, machte einen müden Eindruck. Vom Elan, der ihn sonst immer ausgezeichnet hatte, war nichts mehr zu sehen.

»Schön, Sie zu sehen, Herr Wernicke«, sagte Henlein. »Ich habe von dem Verlust Ihrer Frau und Ihres Schwiegervaters gehört. Mein Beileid.«

»Danke, Herr Oberstaatsanwalt. Ein Glück, dass wenigstens mein Sohn überlebt hat.«

»Immerhin. Es wird Ihnen ein Trost sein.«

»Das ist es.«

»Können Sie sich vorstellen, warum ich Sie einbestellt habe?«

Fritz blieb stumm.

»Der hinterhältige Anschlag auf unseren Führer muss unerbittlich gesühnt werden. Auf das Allerhärteste. Der Parteigenosse Roland Freisler hat mir persönlich versichert, dass der Volksgerichtshof dieses Geschmeiß ausnahmslos zum Tode verurteilen wird. Der Prozess beginnt am 7. August. Ich möchte, dass Sie und Ihre Leute sich ab diesem Zeitpunkt in Berlin bereithalten, um jederzeit die Exekutionen durchführen zu können.«

»Selbstverständlich.«

»Die Hinrichtungen werden im Strafgefängnis Plötzensee durchgeführt werden. Es gibt dabei allerdings einige Besonderheiten ...«

»Und die wären?«

»Auf Wunsch des Führers sollen Sie nicht die Fallschwertmaschine benutzen, sondern allesamt aufknüpfen.«

»Sehr wohl, Herr Oberstaatsanwalt. Ich werde veranlassen, dass im Hof ausreichend Galgengerüste aufgestellt werden.«

»Das wird nicht nötig sein. Der Führer verlangt, dass alle an Fleischerhaken aufgehängt werden wie Schlachtvieh. Die Verräter sollen wie räudige Hunde krepieren.«

Der Oberstaatsanwalt und sein Scharfrichter sahen sich eine Weile schweigend an. Beiden war klar, dass mit Henleins letztem Satz alles gesagt worden war.

16

Am späten Nachmittag des 8. August wurden die ersten acht Hinzurichtenden vom Volksgerichtshof nach Plötzensee gebracht. Fritz stand mit seinen drei Scharfrichterhelfern unter den großen Fleischerhaken, die an einem Stahlträger angeschweißt worden waren. An der Stirnseite des Hinrichtungsraumes warteten der Staatsanwalt und drei höhere Gefängnisbeamte.

Als der erste Verurteilte hereingeführt wurde, nahm Gustav ihm die Handschellen ab und Fritz legte ihm eine dünne Schlinge aus Stahlseil um den Hals.

Bis zum April 1945 arbeiteten der Scharfrichter und seine drei Helfer regelmäßig in der Hinrichtungsstätte Berlin-Plötzensee. Es waren insgesamt 89 Verschwörer, die der Volksgerichtshof zum Tod durch den Strang verurteilte. Hinzu kamen zahlreiche Delinquenten, die wegen anderer Straftaten gehängt wurden. Irgendwann hörte Fritz auf, sie zu zählen. Er fühlte nur noch eine Leere, wenn er den Hinrichtungsraum betrat. Er konnte sich nicht einmal mehr das erhabene Gefühl einreden, an etwas Großem und Guten mitzuwirken, einen wichtigen Dienst für die Gemeinschaft zu verrichten.

Die Tage und Nächte des Scharfrichters waren öde, seine Gedanken drehten sich im Kreis. Er dachte an all seine hochfliegenden Pläne, die so jämmerlich zerborsten waren. Es gab kein Hotel mehr, keine Frau, nichts. Nur noch Peter Albert. Aber Fritz schaffte es so gut wie nie, in seinen freien Stunden nach Schöneweide zu fahren und ihn und Edith zu besuchen, und als er den Heiligen Abend dort verbrachte, schien der Junge ihn nicht zu erkennen.

Zwei Tage nach dem Weihnachtsfest 1944 begegnete er Albert Henlein im Strafgefängnis Plötzensee. Der Oberstaatsanwalt verabschiedete sich von dem Scharfrichter, da er sich für einen Einsatz an die Front gemeldet hatte.

»Das würde ich auch am liebsten tun«, sagte Fritz leise.

»Ich kann Sie verstehen«, erwiderte der SS-Obergruppenführer. »Aber halten Sie durch, Herr Wernicke. Sie leisten äußerst kriegswichtige Arbeit.«

Und die Hinrichtungen gingen unerbittlich weiter. Es wurde nun jeden Tag gehenkt, ausnahmslos, selbst am Sonntag. Während im Reich jegliche Ordnung im Kriegschaos auseinanderbrach, exekutierten Fritz und seine drei Scharfrichterhelfer weiterhin Plünderer, Deserteure und andere Volksschädlinge.

Die Anlässe waren inzwischen fast beliebig geworden. Nicht nur wegen Wehrkraftzersetzung, Defätismus und Feindbegünstigung wurden die ausgemergelten Gestalten zum Galgen geführt, sondern weil sie ein Brot gestohlen, Fundgut unterschlagen oder einen matten Witz über Joseph Goebbels gerissen hatten.

In der ersten Aprilwoche 1945 fuhr Fritz mit der S-Bahn nach Schöneweide. Sein Wanderer war fünf Wochen zuvor bei einer Bombardierung ausgebrannt. Wegen der häufig unterbrochenen Strecke brauchte er fast drei Stunden, ehe er Edith in die Arme schließen konnte.

»Der Junge macht gerade Mittagsschlaf. Soll ich ihn wecken?«

Fritz schüttelte den Kopf, gab sich mit einem kurzen Blick auf Peter Albert zufrieden. Dann reichte er Edith ein Paket zur Verwahrung.

»Für den Jungen. Wenn er groß ist.«

Edith sah ihren Bruder erstaunt an.

»Warum gibst du ihm das Päckchen dann nicht selbst?«

Doch Fritz reagierte nicht auf die Frage. In dem Paket, das er seiner Schwester gegeben hatte, waren alle seine Tagebücher. Fünfzehn Stück insgesamt, die er fast zwei Jahrzehnte lang geführt hatte. Sein Leben. Seine Siege und Niederlagen. Seine Wünsche und Hoffnungen. Seltsam, für einen Augenblick blitzte die Erinnerung an seine erste Hinrichtung auf – an den Bauernburschen, dessen letzter Wunsch gewesen war, ein paar Zeilen an die Mutter zu schreiben. Fritz hätte ihr den Zettel überbringen sollen, hatte ihn aber stattdessen zu dem Toten in den Sarg gelegt. Wäre es nicht vielleicht auch besser, wenn seine Tagebücher niemals jemand lesen würde? Nein, darüber wollte er nicht entscheiden. Das sollte allein bei Peter Albert liegen.

Fritz ging in die Küche und packte sein zweites Mitbringsel aus. Es war ein ärmliches Geschenk, eine zu zwei Dritteln ausgetrunkene Flasche Stroh-Rum. Ediths Augen leuchteten trotzdem: »Rum! Wunderbar, Fritz! Ich mache uns einen steifen Grog!«

Der Scharfrichter nickte und setzte sich an den Tisch.

»Prost, liebe Schwester. Auf uns!«

»Und auf die Zukunft, Fritz.«

Doch es gab keine Zukunft mehr. Jedenfalls keine für Fritz. Keine, wie er sie sich immer erträumt hatte. Der Scharfrichter verließ die Strafanstalt Plötzensee nun überhaupt nicht mehr, hielt sich bereit, jederzeit eine Exekution durchzuführen. Denn es saßen noch zahlreiche Delinquenten in den Zellen.

Gleichzeitig rückte die Rote Armee immer näher. Der Scharfrichter und seine Helfer fragten sich, wie lange die Reichshauptstadt noch zu halten war. Aber sie äußerten das nicht laut. Vertrauen gab es in diesem Reich nirgendwo mehr. Auf Defätismus stand der Tod. Und jeder der vier wusste, wie qualvoll der sein konnte.

Am 24. April schlug eine feindliche Granate in Plötzensee ein. Fritz befahl seinen drei Gehilfen, sich nach Leipzig durchzuschlagen. Es reiche, wenn er als Einziger in Plötzensee ausharre. Gustav versuchte, Fritz umzustimmen, er solle mit ihnen kommen, doch der lehnte ab. Er habe im Reichsjustizministerium einen Vertrag unterschrieben, den müsse er erfüllen. Egal, wie die Konsequenzen aussähen. In den Abendstunden machten sich Gustav, Enno und Dankwart auf den Weg in die Heimat.

Am Tag darauf stürmten die Soldaten der 3. sowjetischen Stoßarmee das Gefängnis. Die Wut der Sträflinge entlud sich und viele Gefängniswärter wurden im Rausch erschlagen. Durch Glück, das er nicht verdient hatte, schaffte es Fritz aber zu entkommen. Für einen kurzen Augenblick hatte er noch erwogen, einfach still in seiner Kammer sitzen zu bleiben und abzuwarten. Würde er der Welt, wenn auch nicht dem Vaterland, einen großen Dienst erweisen, wenn er sich ihnen ausliefern würde? Doch letztendlich war er doch geflohen, still und heimlich durch die Schatten wie eine Ratte.

Zu Fuß versuchte Fritz, nach Schöneweide zu kommen, zu Edith und Peter Albert, doch das war unmöglich. Die sowjetischen Streitkräfte waren bereits ins Berliner Stadtzentrum vorgedrungen, in den Straßen tobten erbitterte Häuserkämpfe. Fritz änderte die Route, machte sich auf den Weg in Richtung Süden. Er lief die ganze Nacht hindurch, musste immer wieder in Deckung gehen, um nicht den Russen in die Hände zu fallen.

Im Morgengrauen erreichte Fritz den Teltowkanal. Am Flussufer erstreckte sich eine Kleingartenkolonie, die den hoffnungsvollen Namen *Zukunft* trug. Fritz fand eine leer stehende Laube und legte sich schlafen.

Wenige Tage später kapitulierte das Deutsche Reich.

17

Irgendetwas schlug gegen die Tür, heftig, immer wieder, und Fritz schreckte hoch. Im Zimmer war es dunkel, es gab kein elektrisches Licht, nur ein schmales Fenster, kaum größer als ein Blatt Papier. Aber er war glücklich gewesen, als er vor zwei Monaten die Gartenlaube entdeckt hatte. Schlaftrunken rappelte er sich auf und öffnete.

Vor der Tür standen drei US-Soldaten und richteten ihre Maschinenpistolen auf ihn.

»Hands on your neck, bloody bastard!«

Fritz verschränkte langsam die Hände im Genick.

»Come on, Nazi, hurry up.«

In den vergangenen Wochen, in denen Fritz sich in der Laube versteckt hatte und nur nachts hinausgegangen war, wurde ihm klar, dass man ihn irgendwann wegen seiner

Tätigkeit als Scharfrichter des Deutschen Reiches verhaften würde. Aber weshalb eigentlich?

In ihren eigenen Ländern richteten die Alliierten die Verbrecher und Abtrünnigen ebenso hin. Sie alle führten die Befehle der Obrigkeit aus. Er war genauso schuldig oder unschuldig wie jeder seiner Scharfrichterkollegen, egal ob in Kansas City, Toulouse, Wladiwostok oder sonst wo. Wo war da der Unterschied? Er versuchte, die Stimme in seinem Inneren zu ignorieren, die ihm sagte, dass er sehr wohl wusste, wo der Unterschied lag.

Die Soldaten verbanden Fritz die Augen und brachten ihn hinaus.

Draußen verfrachteten sie ihn in ein Fahrzeug. Nach einer Ewigkeit, Fritz konnte nicht sagen, ob es zwei Stunden, drei oder mehr gedauert hatte, waren sie schließlich am Ziel. Blind wurde er in ein Gebäude gebracht und dort in ein Zimmer gestoßen.

»Sie können die Augenbinde abnehmen«, sagte ein Mann auf Deutsch.

Fritz folgte der Aufforderung und sah sich um. Er befand sich in einem altmodisch eingerichteten Büro, das die US-Armee offenbar beschlagnahmt hatte. Der Raum war düster, die Fensterläden geschlossen. Fritz hatte keine Ahnung wo er war.

Der Mann ihm gegenüber war jung. Höchstens Ende zwanzig. Schmal, dunkelhaarig, mit Brille. Vermutlich ein deutscher Emigrant, der es noch rechtzeitig nach Amerika geschafft hatte.

»Ihnen ist klar, wieso wir Sie geholt haben?«

Fritz schüttelte den Kopf.

»Sie sind seit 1935 als Scharfrichter tätig. Trifft das zu, Herr Wernicke?«

»Als Scharfrichterhelfer, Herr … Herr …«

»Major Herbst.«

Ein deutscher Emigrant … Fritz hatte richtig gelegen.

»Ich wurde erst vor wenigen Jahren verantwortlicher Scharfrichter, Major Herbst.«

»Wie ist Ihr Familienstand? Haben Sie Angehörige?«

»Ich bin Witwer. Meine Familie ist bei dem einem Luftangriff auf Leipzig umgekommen. Meine Frau und mein Schwiegervater. Nur mein Sohn hat wie durch ein Wunder überlebt.«

»Ihr Schwiegervater war der Henker Hans Lippert … richtig?«

»Ja, ich habe das Amt von ihm übernommen.«

Der Major betrachtete ihn nachdenklich und Fritz vermutete, dass er ihm gleich mitteilen würde, dass er selbst in den nächsten Tagen hingerichtet werden würde.

»Wir bringen Sie noch heute nach Landsberg am Lech. Dort bekommen Sie Englischunterricht.«

»Englischunterricht? Weshalb denn, Major Herbst?«

»Das erfahren Sie rechtzeitig. Jetzt binden wir Ihnen erst mal wieder die Augenbinde um.«

Fritz war verunsichert. Was ging hier vor sich? Erneut war er, wie durch ein Wunder, an seiner eigenen Hinrichtung vorbeigekommen. Er fragte sich, ob sich das Schicksal einen Spaß mit ihm erlaubte und ihn einfach ein wenig zappeln ließ, bevor es ihm die Strafe für all das gab, was er getan hatte. Linas Worte aus einer längst vergangenen Zeit kamen ihm wieder in den Sinn. Auge um Auge, Zahn um Zahn; Hand um Hand, Fuß um Fuß

Er tauchte wieder ein in die Dunkelheit.

Als sie Stunden später die oberbayerische Kreisstadt Landsberg am Lech erreichten, durfte Fritz die Augenbinde abnehmen. Außer ihm befanden sich drei hünenhafte US-Soldaten in dem Militärfahrzeug. Ein Schwarzer und zwei Weiße. Der Schwarze saß neben ihm auf der Rückbank und grinste.

»Dr. Solomon du Bois. Ich bin Ihr Englischlehrer. Sie dürfen mich Dr. Sol nennen.«

Fritz sah den Schwarzen an, außerstande, etwas zu erwidern.

»Sie kriegen einen Intensivkurs. Drei Wochen jeweils acht Stunden pro Tag. Und ich rate Ihnen, sich Mühe zu geben. Sonst ...«

»Sonst ...?«

»Das dürfen Sie sich selbst ausmalen«, antwortete du Bois und grinste noch breiter.

Landsberg am Lech gehörte zu den wenigen deutschen Städten, die von den alliierten Luftangriffen verschont geblieben waren. Auf den ersten Blick tat sich Fritz eine heitere Welt auf, mit mittelalterlichen Bürgerhäusern, Türmen und Stadttoren, barocken Kirchen, malerischen Winkeln und Gassen.

Doch das täuschte. Überall im Ort hatte die amerikanische Militärregierung Gebäude konfisziert und dort ihre Einrichtungen untergebracht. In der Saarburg-Kaserne wurde ein Sammellager eingerichtet, in dem Juden, ausländische Kriegsgefangene und andere durch das NS-Regime Entwurzelte eine erste Bleibe fanden. Ein wahres Gewusel an Nationen, Konfessionen, Schicksalen.

Fritz hatte es besser getroffen und ihm war ein Zimmer bei einer alten Dame zugewiesen worden. Jeden Morgen wurde er von einem Armeejeep abgeholt und zum Englischunterricht gebracht. Er lernte schnell, das hatte er schon immer getan. Zumal er auf ein beträchtliches Vorwissen aus seiner Hotelzeit zurückgreifen konnte.

Wie konnte es nur sein, dass er jetzt wieder Englisch lernte – wie damals im dritten Lehrjahr, fragte sich Fritz. Als wäre keine Zeit vergangen, als hätte es dazwischen nichts gegeben. Was für ein Spiel trieb das Schicksal nur mit ihm?

Nach einundzwanzig Tagen jedenfalls konnte der Scharfrichter mit den amerikanischen GIs problemlos Konversation betreiben. Über so ziemlich alle Themen. Dr. Sol war positiv überrascht.

»Das war unsere letzte Stunde, executioner«, sagt Solomon Du Bois. »Morgen früh fangen Sie an, für die US-Armee zu arbeiten. Als inoffizieller Mitarbeiter. Ich gratuliere. Sie werden der erste neuvereidigte Scharfrichter nach Hitlers Abgang sein. Macht Sie das happy, mein Freund?«

Fritz erwiderte nichts. Der Jeep brachte ihn nach Hause. Er wusste, ein richtiges Zuhause würde er nie mehr haben. Fritz legte sich ins Bett, starrte die Decke an.

Am nächsten Tag wurden ihm zwei US-Soldaten als Scharfrichterhelfer zugewiesen: Sergeant Nigel Bracken und Corporal Harry Lawrence, zwei harte Burschen aus den Nordstaaten. Sie hatten sich freiwillig gemeldet, um es den verdammten Nazis endlich heimzuzahlen. Fritz ließ im Gefängnishof zwei Galgen errichten und wartete auf die erste Exekution.

Drei Tage später war es so weit. Im Morgengrauen schleppten Sergeant Bracken und Corporal Lawrence einen sich verzweifelt wehrenden Mann zum Galgen, den stellvertretenden Leiter des SS-Wirtschafts- und Verwaltungshauptamtes, SS-Brigadeführer Gießler. Fünf Minuten später war alles vorbei.

In den kommenden Monaten hängte Fritz zahlreiche Nationalsozialisten. Ehemals bedeutende Männer wie KZ-Ärzte, Blutrichter, Lagerkommandanten und andere Schergen des Regimes. Fritz vermied stets den direkten Kontakt mit ihnen, sprach sie nicht an, wich ihren Blicken aus.

Die meiste Zeit verbrachte er allein in seinem Zimmer und war froh, dass er immerhin genug zu essen hatte. Die US-Armee versorgte den Scharfrichter mit Konserven, Keksen, Whisky, Coca-Cola, Schokolade und anderen Lebensmitteln. Fritz überlegte, ob er Edith und Peter Albert schreiben sollte, unterließ es dann aber. Was hätte er ihnen auch mitteilen sollen? Dass er den Krieg heil überlebt hatte? Das war er in seinen Augen nicht wert.

Im August 1946 erhielt Fritz von der Militärregierung den Befehl, sich zur weiteren Verwendung nach Nürnberg zu begeben. Fritz erhielt ein sauberes Zimmer in einem Männerwohnheim, und als er sich in Nürnbergs Justizpalast vorstellte, dauerte es zwar über eine Stunde, bis der Attorney General Floyd Colton ihn endlich in sein Büro bat, aber er war ausgesprochen freundlich und entschuldigte sich mehrmals. Colton war ein weißhaariger, hagerer Mann, hochgewachsen und hatte die sechzig weit überschritten.

»Mr. Wernicke, es war ursprünglich der Plan der Militärregierung, Sie mit der Hinrichtung der Verurteilten zu beauftragen. Aber General Clay hat sich anders entschieden. Die Exekutionen dürfen keinesfalls von einem deutschen Scharfrichter durchgeführt werden, meint unser Militärgouverneur. Wir müssen unbedingt jeder Legendenbildung vorbeugen. Das ist wichtig, wenn Ihr Land irgendwann einmal wieder in die Familie der freien und gerechten Völker aufgenommen werden will.«

»Das verstehe ich.«

»Wir möchten, dass Sie einen sorgfältig ausgewählten GI zum Scharfrichter ausbilden.«

»Das mache ich selbstverständlich, Sir.«

Floyd Colton lächelte zufrieden.

In seinem Zimmer im Männerwohnheim öffnete Fritz eine Dose Corned Beef und vertilgte den Inhalt, ohne ihn aufzuwärmen. Er spülte alles mit einer lauwarmen Coca-Cola hinunter. Er nahm sein Tagebuch und schrieb einige Seiten. Er dachte an Lina und Peter Albert. Sie fehlten ihm. Ohne sie schien ihm das Leben sinnlos.

Dann steckte er das dicke Notizbuch in einen Umschlag, adressierte ihn an seine Schwester und ging damit zur Post.

Als Fritz heimging, dämmerte es bereits. Vor dem Männerwohnheim standen einige zwielichtige Gestalten. Sie rauchten und tätigten Schwarzmarktgeschäfte. Der Scharfrichter wollte an ihnen vorbeigehen, doch sie hielten ihn auf.

»Eine Stange Lucky Strike, Mister? Vielleicht lieber Nylons? Schnaps oder Lebensmittelkarten?«

»Nichts. Danke.«

»Nichts gibt es nicht …«

Einer der Schwarzmarkthändler packte Fritz am Arm. »Schauen Sie sich erst mal unser Angebot an …«

»Loslassen!«, rief Fritz aufgebracht. »Sofort!«

Zwei Jeeps kamen vorgefahren, mehrere GIs sprangen heraus.

»Razzia! Hands up! Hands up!«

Die Soldaten richteten ihre Maschinenpistolen auf die Männer.

Der Schwarzmarkthändler stieß Fritz brutal von sich und der stolperte auf die Amerikaner zu. Instinktiv riss einer der Soldaten seine Waffe hoch. Eine Schussgarbe ratterte los. Fritz wurde von dem Kugelhagel durchsiebt. Er schwankte, hielt sich an dem GI fest, fiel zu Boden.

Scharfrichter Fritz Wernicke war tot.

Teil 3
(1967-1986)

18

Es war bereits Morgen, als Peter das letzte Tagebuch seines Vaters zuschlug. Er hatte die ganze Nacht durchgelesen.

Peter war aufgewühlt. An Schlaf war nicht zu denken. Das waren also seine Wurzeln. Die Lebensgeschichte seines Vaters war zu der eigenen geworden. Wieder und wieder hatte dieser Fritz Wernicke versucht, sich dem Handwerk zu entsagen. Wieder und wieder war er gescheitert. Sei es Liebe, Pflicht, Zwang oder Nötigung: Dinge außerhalb seiner Kontrolle hatten ihn weiter henken lassen. Sein Vater hatte von Schicksal geschrieben und Peter wurde klar: Er hatte längst keine Wahl mehr. In seinen Adern floss dasselbe Blut.

Kurze Zeit später saß Peter wieder in Mielkes Büro dem Minister gegenüber und teilte ihm mit, dass er sich entschieden hatte: Er werde das Angebot annehmen und nach Leipzig gehen. Mielke lächelte.

»Gut, bist ja doch ein pfiffiger Junge. Aber nutze die Chance. Dann werden wir sehen. Ich bin zwar ein alter Tschekist, aber ich habe immer noch ein heißes Herz und saubere Hände. Und ich kann vergeben.«

Ende September 1967 zog Peter nach Leipzig. Seine Wohnung in Lichtenberg hatte er gekündigt und eine kleinere im Wohnkomplex Stötteritz gemietet.

Am 2. Oktober war sein Dienstbeginn in der Justizvollzugsanstalt, die im Gebäude des ehemaligen Königlichen Landgerichts in der Alfred-Kästner-Straße untergebracht war. Ein wuchtiger, teilweise verputzter Steinbau im Stil des Historismus. Anstaltsleiter war Major Wilhelm Nuschke, ein hagerer Witwer von Mitte fünfzig. Er begrüßte Peter freundlich, war offensichtlich nicht über dessen Konflikt mit Erich Mielke informiert worden.

Major Nuschke rief den Genossen Dr. Lerche in sein Büro, der in der Justizvollzugsanstalt als Gefängnisarzt tätig war. Er war ein dicklicher Mann im gleichen Alter wie der Anstaltsleiter. Nuschke hielt sich erst gar nicht lange mit unverbindlichem Geplauder auf, kam gleich auf den vakanten Posten des Scharfrichters zu sprechen.

»Genosse Hauptmann, du hast dich ja bereit erklärt, die notwendige Eliminierung der zum Tode verurteilten Delinquenten zu übernehmen. Das ist gut. Dein Vorgänger ist vor drei Monaten aus dem Dienst ausgeschieden. Hat Leberkrebs, der Ärmste.«

»Unheilbar«, sagte Dr. Lerche. »Er wird es nicht mehr lange machen.«

»Verstehe«, sagte Peter und zögerte. »Wie läuft denn so eine Hinrichtung im Einzelnen ab?«

»Ich zeige dir nachher die Räumlichkeiten und erkläre dir die genaue Vorgehensweise. Also Genosse, für jede Exekution erhältst du eine Prämie von 200 Mark. Was vielleicht aber noch wichtiger ist: Außer dem Genossen Lerche und mir weiß keiner unserer Justizvollzugsmitarbeiter von den Hinrichtungen.«

»Anweisung von ganz oben?«, fragte Peter.

Die beiden Männer nickten.

»Du kannst also sicher sein, Genosse, dass niemand etwas von deiner Nebenbeschäftigung erfährt«, erwiderte Nuschke.

Peter war erleichtert. »Das ist gut. Sehr gut sogar. Wann wird denn die erste Exekution stattfinden?«

»Schwer zu sagen. Wir bekommen es immer erst kurz vorher mitgeteilt. Bislang fanden die Hinrichtungen mit der Fallschwertmaschine statt, aber die neue Anordnung sieht die Verwendung einer Armeepistole vor.«

»Unerwarteter Nahschuss, wenn dir das etwas sagt, Genosse Hauptmann«, ergänzte Dr. Lerche.

»Jedenfalls war für die Umstellung entscheidend, dass bei der Fallschwertmaschine immer zu viele Personen eingebunden werden mussten.«

»Das liegt auf der Hand«, sagte Peter.

»Abgesehen von dieser Spezialaufgabe vertrittst du mich hier in der Einrichtung und bist mit allen möglichen Verwaltungsaufgaben beschäftigt. Lass uns erst einmal einen Rundgang durch die Anstalt machen, damit du einen Überblick bekommst.«

Major Nuschke verabschiedete den Gefängnisarzt und führte seinen neuen Kollegen dann durch die Strafanstalt, zeigte ihm den mehrgeschossigen Häftlingstrakt mit den Zellen, die Gefangenenwerkstatt, die Wirtschafts- und Lagerräume. Für Peter unterschied sich das Leipziger Gefängnis nicht groß von den Strafeinrichtungen in der Hauptstadt. Nur von den Räumlichkeiten, in denen die Exekutionen stattfinden würden, hatte er keine rechte Vorstellung.

Nach zwei Stunden führte Nuschke seinen neuen Mitarbeiter in die Eingangshalle.

»Wir müssen das Gebäude mal kurz verlassen und in die Arndtstraße gehen, Genosse Hauptmann.«

Durch den Haupteingang betraten sie die Alfred-Kästner-Straße, bogen um zwei Ecken herum in eine ruhige Wohnstraße, die von vierstöckigen Gründerzeithäusern gesäumt war. Major Nuschke blieb vor einem Portal mit einer schweren, eisenbeschlagenen Doppeltür stehen.

»Kein Mensch ahnt, dass hier die Delinquenten hereingebracht werden. Unsere Schließer glauben alle, dass die NVA hier irgendwelche Altgeräte lagert.«

Nuschke schloss auf und sie betraten den Exekutionstrakt, der aus sechs ineinander übergehenden Räumen bestand.

»Früher war das hier mal die Dienstwohnung des Heizers, aber das ist schon lange her. Es gibt am hinteren Ende eine Stahltür, die zum normalen Gefängnisbereich führt. Aber nur einen Schlüssel. Und den habe ich unter Verschluss.«

Sie betraten einen dunklen Flur und der Anstaltsleiter schaltete das Licht an. Putz blätterte von den Wänden, in einer Fensterscheibe fehlte ein Stück Glas, der Holzfußboden war mit großen dunkelroten Flecken besprenkelt. Major Nuschke deutete auf ein tiefschwarzes Areal.

»Da stand die Fallschwertmaschine. Sie wurde im vorletzten Monat vom MfS abgeholt. Sie funktionierte nicht mehr gut, oft blieb das Beil auf halbem Weg stecken. Laut Dekret ist jetzt nur noch der unerwartete Nahschuss in den Hinterkopf zulässig. Weißt du, wer uns auf die Idee gebracht hat?«

»Keine Ahnung.«

»Die Genossen von der sowjetischen Staatssicherheit. Das dortige Innenministerium praktiziert ihn schon länger mit großem Erfolg. Die Delinquenten geraten nicht in Panik und es geht ruckzuck.«

»Was passiert mit den Toten? Werden sie ihren Angehörigen übergeben?«

»Wo denkst du hin, Genosse! Geheimhaltung, das ist unser Grundsatz! Absolute Geheimhaltung! … Wir bringen die Leichen zum Südfriedhof, dort werden sie anonym eingeäschert.«

»Also, der Straftäter wird von der Arndtstraße hereingebracht … Wer macht das?«

»Die zwei Genossen vom MdI, die ihn angeliefert haben. Wir kennen die beiden namentlich nicht. Sie bringen ihn in die Verwahrzelle und ich teile ihm dort mit, dass seine Exekution bevorsteht. Er darf dann einen Abschiedsbrief schreiben, den seine Angehörigen natürlich niemals erhalten werden. Wenn er will, kann er noch einen Schnaps trinken oder eine Zigarette rauchen.«

»Wie viel Zeit hat er dafür?«

»Ein paar Minuten. Zehn, maximal fünfzehn. Dann wird er in den Hinrichtungsraum geführt. Dort wirst du hinter der Tür stehen, sodass er dich nicht bemerken kann. Und ihn sofort mit einem Kopfschuss eliminieren.«

Peter zögerte und Nuschke sah ihn aufmerksam an.

»Irgendwelche Fragen, Genosse Hauptmann?«

»Welche Waffe werde ich benutzen?«

»Eine Walther P-38. Sie ist schallgedämpft. Wenn der

Genosse Lerche den Tod festgestellt hat, legen die Genossen vom MdI den Leichnam in einen Sarg und nageln ihn zu. Anschließend transportieren sie ihn mit ihrem Lkw zum Krematorium auf dem Südfriedhof.«

»Wird er dort nicht registriert?«

»Lediglich als Anatomieabfall. In der Einäscherungshalle ist nur ein einziger Krematoriumsmitarbeiter, der alles regelt. Und der hat eine Schweigevereinbarung unterschrieben.«

»Und Genosse Lerches Totenschein?«

»Der Doktor trägt einen fiktiven Sterbegrund ein. Als Todesort steht auch nicht Leipzig drin, sondern irgendein anderes schönes Städtchen in unserer großen Republik.«

»Und die Familie?«

»Sie wird erst mit Verzögerung vom Tod ihres Angehörigen informiert. So verlaufen etwaige Nachfragen automatisch im Sande. Damit haben wir aber nichts zu tun. Das regeln die Genossen in Berlin.«

»Es klingt alles äußerst perfekt, Genosse Major.«

Nuschke lächelte stolz. »Das ist es auch. Ich habe mir allergrößte Mühe gegeben. Schön, dass du es gleich erkannt hast, Genosse Hauptmann.«

Peter nickte. Ja, der Ablauf schien wirklich makellos zu sein.

Trotzdem hatte er Angst. Eine Angst, die ihn lähmte. Die Angst vor der ersten Hinrichtung.

Doch er wusste nicht, dass diese Angst ihn noch Monate begleiten würde. Denn erst am 4. März 1968 sollte er seinen ersten Delinquenten mit der Walther P-38 hinrichten.

Mit den Arbeitsabläufen in der Justizvollzugsanstalt Leipzig kam Peter schnell zurecht. Besonders herausfordernd fand er sie nicht. Seine Pflichten bestanden hauptsächlich aus der fachlichen Anleitung der Schließer, der Organisation der Dienstabläufe, der Vorbereitung von Besprechungsrunden der Führungskader sowie der regelmäßigen Beurteilung des Wachpersonals.

Im Grunde war es tagein, tagaus das Gleiche. Die einzige interessante Ausnahme bildeten Verhöre von Strafgefangenen im Rahmen der Disziplinarmaßnahmen. Diese oblagen aber in erster Linie Major Nuschke. Peter war lediglich als Protokollant anwesend.

Seine Domäne war hingegen die fortlaufende Beaufsichtigung der Gefängnistischlerei, in der die meisten Inhaftierten beschäftigt waren. Arbeit war Pflicht, für jeden in der Strafvollzugseinrichtung Leipzig. In der Werkstatt wurden Möbel hergestellt und anschließend für den Verkauf konfektioniert. Allerdings nicht für die Filialen des staatlichen Handelsbetriebs Möbel, sondern für den Export ins nichtsozialistische Ausland.

In einem quälend langen Gespräch hatte Major Nuschke seinem Stellvertreter die Wichtigkeit eines reibungslosen Produktionsablaufes klargemacht. Es ging um Devisen, da waren die Genossen in der Hauptstadt besonders pingelig. Was auch immer passieren würde, es dürfe in keinem der Arbeitsabläufe in der Tischlerei eine Verzögerung geben. Dafür müsse sein Stellvertreter unter allen Umständen sorgen. Peter versprach es.

Außerhalb der Strafanstalt führte Peter ein zurückhaltendes Leben. Er ging nie aus, sondern verbrachte die Abende allein zu Hause, las oder hörte Jazzplatten aus seiner Sammlung. Lediglich am Sonntag besuchte er mittags das Speiserestaurant *Stadt Kiew*. Dort bestellte er stets das Gleiche. Vorweg eine Fischsuppe, danach das Kotelett Kiewer Art. Trank dazu ein Viertel Erlauer Stierblut. Obwohl Peter immer an einem Einzeltisch saß, war es die einzige Mahlzeit der Woche, die er gemeinsam mit anderen Menschen zu sich nahm. Was ihn aber keinerlei Gefühlsschwankungen unterwarf.

Trotz aller Zurückhaltung hatte es seit seiner Ankunft in der Stadt schon einige Situationen gegeben, in denen ihm Frauen ihr Interesse bekundeten. Doch Peter war nicht darauf eingegangen. Zwar war er am 14. Februar 1968 von Dora in deren Abwesenheit geschieden worden, aber hin und wieder dachte er doch noch an sie. Nicht mehr so häufig wie in den Tagen seiner Untersuchungshaft, aber sie war nach wie vor Bestandteil seines Lebens.

Er zermarterte sich unermüdlich das Hirn, fragte sich, wieso ihm nicht aufgefallen war, dass seine Frau mit konterrevolutionären Ideen geliebäugelt hatte. War er wirklich solch ein Versager? Dann hatte der Genosse Mielke recht und er verdiente die Strafversetzung. Wenn nicht noch Schlimmeres.

Aber in der Justizvollzugsanstalt wusste man nichts von seinem Dilemma und schätzte Peter Körber schon bald ungemein. Bei der Feier zum Jahreswechsel lobte Major Nuschke ihn ausdrücklich für seine pragmatische und gründliche Arbeit. Im Umgang mit den Mitarbeitern verfüge Peter über das notwendige kollegiale Verständnis, gegenüber den Häftlingen besäße er das erforderliche Durchsetzungsvermögen.

Trotzdem schlichen die Wintermonate unendlich langsam dahin und der eigentliche Anlass, wieso ihn Mielke nach Leipzig beordert hatte, rückte für Peter in immer weitere Ferne. Die Tagebücher seines Vaters lagen gut verstaut in einem Koffer unter dem Bett. Es gab sogar ein paar Tage, an denen er nicht an seine noch immer ausstehende Premiere als Scharfrichter der Deutschen Demokratischen Republik dachte.

Stattdessen sah Peter die ersten Schneeglöckchen sprießen. Und freute sich. Wenn auch notgedrungen allein.

Der 4. März 1968 war ein nebelverhangener Montag, kühl, regnerisch, trübe. Kurz nach Dienstbeginn saß Peter in seinem Büro und blätterte im *Neuen Deutschland*. Las über die Eröffnung der Leipziger Frühjahrsmesse, die am Vortag stattgefunden hatte. Peter fragte sich, ob wohl einige Firmen-Einkäufer aus dem kapitalistischen Ausland gekommen waren, für die die Strafgefangenen Möbel herstellten. Möglich wäre es. ›Egal‹, rief er sich zur Räson, ›du wirst es sowieso nie erfahren. Nicht von den Westlern und nicht von den Genossen aus Berlin.‹

Major Nuschke betrat den Raum.

»Genosse Körber, ich habe gerade mit der Hauptstadt telefoniert. Heute Nacht werden wir eine Exekution vornehmen. Bist du bereit?«

Peter starrte den Haftanstaltsleiter an, unfähig, etwas zu

erwidern. Doch dann, als sein Schweigen schon fast zum Affront wurde, riss er sich mit aller Kraft zusammen.

»Jawohl, Genosse Nuschke.«

»Jetzt hat das Warten ein Ende, Genosse Hauptmann. Der Delinquent wird voraussichtlich gegen halb drei in der Frühe zu uns gebracht. Du kannst dich demnach auf einen Einsatz gegen drei Uhr einstellen.«

»Selbstverständlich Genosse. Weißt du, um … um wen es sich handelt?«

Sein Vorgesetzter nickte. »Ein Nazidreckschwein. Karl Otto Blunck, ehemaliger Lagerarzt im KZ Neuengamme. Die Ratte ist nach dem Krieg in unserer Republik untergetaucht. Hat sich mit falschen Namen als Arzt in Erziehungsheimen versteckt. Bis sie ihn letzten Herbst im Jugendwerkhof Torgau geschnappt haben.«

»Weswegen wurde er zum Tode verurteilt?«

»Sadistische Fleckfieberversuche an KZ-Insassen, Beteiligung an der Selektion unzähliger Häftlinge und der medizinischen Oberleitung bei den Exekutionen mittels Zyklon B.«

Peter zögerte, etwas zu erwidern.

»Du hättest es erheblich schlechter treffen können, Genosse Körber. Blunck ist ein abartiges Nazimonster. Abschaum der übelsten Sorte. Ich kenne etliche Genossen, die ihn mit ihren eigenen Händen erdrosseln würden.«

»Ich werde um drei Uhr in der Frühe einsatzbereit sein, Genosse Major. Verlass dich auf mich.«

»Was anderes habe ich auch nicht erwartet«, erwiderte Nuschke. »Du kannst in dem Raum neben meinem Büro schlafen. Da steht eine Pritsche. Ich wecke dich rechtzeitig.«

»Danke, Genosse Major.«

»Du solltest die Waffe gründlich reinigen und auch ein paar Probeschüsse abgeben. Am besten erledigen wir das noch vor der Mittagspause. Ich bringe dich nachher in den Exekutionstrakt.«

Die Walther P-38 war in Peters Büro in einem Stahlschrank eingeschlossen. Zusammen mit dem Schalldämpfer und mehreren Munitionspäckchen. Er hatte sich gleich nach seinem Dienstantritt in Leipzig mit der Pistole vertraut gemacht.

Der weitere Tag verging ebenso schleppend wie die vergangenen Monate. Es war zermürbend. Mehr noch, weil Peter wusste, was ihn erwartete. Er war rastlos und unsicher im Angesicht der anstehenden Aufgabe. Wieder kamen ihm die Tagebücher in den Sinn. Würde es ihm so gehen wie damals seinem Vater? Würde er so viele henken müssen, dass er irgendwann abstumpfte? Oder würde er sich irgendwie doch noch aus der Tätigkeit des Todbringers herauswinden können? Von Minute zu Minute wurde Peter angespannter. Hatte er sich auf die nächtliche Aufgabe ausreichend vorbereitet? Gab es etwas, das ihn in der Ausübung seiner Pflicht gefährden konnte? Doch er fand keine offene Flanke und beschloss, die Exekution als einen normalen Verwaltungsakt anzugehen. Vielleicht würde es bei der einen bleiben. Vielleicht würde eine weitere hinzukommen – wer konnte das schon sagen? Jedenfalls war diese von Nöten. Das hatte Nuschke ihm klar und deutlich gesagt.

Am späten Nachmittag legte sich Peter auf die Pritsche und versuchte zu schlafen. Doch es klappte nicht, er war viel zu nervös. Immer wieder malte er sich aus, wie er hinter der Tür auf den Delinquenten wartete. Sah vor seinem inneren Auge, wie er hinter den Mann trat, die Pistole hob und abdrückte. Doch was danach geschah, konnte er nicht sagen und er wehrte sich dagegen, es sich auszumalen.

Peter hatte noch nie auf jemanden geschossen, weder auf einen Menschen noch auf ein Tier. Er war auch noch nie dabei gewesen, wenn ein Mensch starb. Er kannte das alles nur aus Erzählungen. Und heute Nacht ...

Um Punkt zwei Uhr rüttelte Major Nuschke an seiner Schulter. Offenbar war Peter doch noch eingeschlafen. Er rappelte sich auf.

»Alles in Ordnung, Hauptmann Körber?«

»Selbstverständlich, Major Genosse.«

»Gut. Noch einmal zum Ablauf. Sowie der Delinquent eingetroffen ist und sich in der Verwahrzelle befindet, hole ich dich. Du platzierst dich dann wie besprochen hinter der Tür. Dort wartest du etwa drei, vier Minuten, dann wird der Mann in den Hinrichtungsraum gebracht.«

»Ist der Genosse Lerche auch anwesend, im Falle, dass ... falls etwas Unvorhergesehenes passieren sollte?«

»Ja sicher, er muss doch den Todesschein ausstellen.«

»Natürlich. Selbstverständlich ...«

Nuschke warf Peter einen prüfenden Blick zu, doch der erwiderte ihn mit einem Lächeln.

»Ich bin ein wenig nervös, Genosse Nuschke, das verstehst du vielleicht. Aber ich werde den Auftrag zur vollsten Zufriedenheit ausführen.«

Der Anstaltsleiter lächelte, klopfte Peter auf die Schulter. »Dann geh in dein Büro und warte, bis ich komme.«

Im Waschraum machte Peter sich etwas frisch, ging dann in sein Arbeitszimmer, holte die Walther P-38 aus dem Stahlschrank. Er setze sich an den Schreibtisch und bestückte das Magazin mit Patronen. Insgesamt acht. Obwohl er nur eine einzige gebrauchen würde. Sonst wäre er nämlich nicht nur als Ehemann ein Totalversager, sondern auch als Tschekist. Und diesen Triumph wollte er dem Genossen Erich Mielke nicht gönnen.

Er schob das Magazin in die Pistole, schraubte den Schalldämpfer auf und legte die Waffe vor sich auf den Schreibtisch. Peter lehnte sich zurück und spürte, wie der Druck von ihm abfiel. Er ließ die vergangenen Monate Revue passieren. Dachte seit Langem einmal wieder an seine Eltern, an Edith und Paul. Und er dachte an Grischa. Sein Freund wusste noch nicht, dass seine Ehe mit Dora gescheitert war. Und er wusste auch nichts von seiner Versetzung nach Leipzig. Im August 1967 war Grischa Benthien zu einer Handelsvertretung in Brasilia geschickt worden, um mitzuhelfen, den wirtschaftlichen Austausch zwischen Brasilien und der Deutschen Demokratischen Republik voranzubringen. Vor allem im Bereich der Kompensationsgeschäfte, um so die Bezahlung mit knappen Devisen einzudämmen. Zwei Tage vor Grischas Abflug hatten die beiden noch Abschied gefeiert. Doch seither hatte Peter nichts mehr von seinem Freund gehört.

Major Nuschke riss ihn aus seinen Gedanken.

»Genosse Körber, es ist so weit.«

Peter stand auf, steckte die Pistole in den hinteren Hosenbund und folgte seinem Vorgesetzten. Sie gingen ins Erdgeschoss und der Anstaltsleiter schloss die Stahltür auf, die in die ehemalige Dienstwohnung des Heizers führte.

Sie betraten den Hinrichtungsraum und Peter begab sich in die vorgeschriebene Position. Der Major ließ die Tür drei Viertel offenstehen und entfernte sich.

Da stand er in seinem Versteck, die Pistole drückte im Rücken. Ob sich sein Vater auch jemals so gefühlt hatte? Sicherlich nicht. Er war nie versteckt gewesen, sondern immer im Offenen, von Angesicht zu Angesicht mit den Verurteilten. Er hatte nicht untätig herumgestanden und gewartet, sondern hatte seine Utensilien vorbereitet. Doch am Ende waren sie doch gleich. Am Ende töteten sie einen Menschen. Er bemühte sich um Kontrolle … atmete kaum hörbar … schloss die Augen … zählte lautlos die Sekunden … horchte angespannt, ewig lange. Dann … Peter vernahm Schritte, zog die Waffe.

»Hier herein.«

Die Tür wurde langsam in Richtung Schwelle gezogen und wie in Zeitlupe tauchte der Delinquent vor Peter auf, mit auf dem Rücken gefesselten Händen.

Peter trat einen Schritt hinter ihn, hob die Pistole, hielt sie dem Mann an den Hinterkopf und drückte ab. Ein leises Plop, das Projektil drang in den Schädel des ehemaligen KZ-Lagerarztes ein. Otto Blunck schwankte für den Bruchteil einer Sekunde und sackte dann zu Boden.

Peter ließ die Waffe sinken, schaute auf den Toten. Jetzt, wo es vollbracht war, fühlte er sich erleichtert. Ja, geradezu leer. Er hatte es sich und Mielke bewiesen. Er war ein genauso guter Tschekist wie sonst nur einer in der Republik. Ein Tschekist und ein Mörder. Peter schluckte gegen die Galle an, die ihm die Kehle hochstieg, steckte die Walther P-38 wieder hinter seinen Hosenbund und öffnete die Tür ganz.

Major Nuschke und Gefängnisarzt Dr. Lerche kamen herein. Der Doktor beugte sich über den Toten, untersuchte ihn kurz und stellte dessen Ableben fest. Er nickte dem Anstaltsleiter zu.

»Komm mit, Genosse Körber«, sagte Nuschke. »Hier wirst du nicht mehr gebraucht.«

Während Peter in seinem Büro wartete, ließ er seine erste Hinrichtung vor dem inneren Auge Revue passieren. Er schüttelte den Kopf, während Major Nuschke mit einer Geldkassette in den Raum kam. Peter starrte seinen Vorgesetzten irritiert an, rettete sich dann in ein Hüsteln. Der Anstaltsleiter gab ihm 200 Mark und ließ sich den Erhalt quittieren.

»Genosse Körber, du kannst stolz auf dich sein. Du hast gerade einen großen Beitrag zur Sicherung und zum Schutz unseres sozialistischen Staates geleistet, der der Erhaltung des Friedens und dem Leben unserer Bürger dient. Eine wahrhaft humanistische Tat.«

Dann gab Nuschke seinem Untergebenen für den restlichen Tag dienstfrei.

In seiner Wohnung versuchte Peter, sich abzulenken von dem nächtlichen Geschehen, machte Haushaltsarbeiten, räumte auf, putzte, bügelte. Doch er musste ununterbrochen an die Exekution denken. Und mit jeder Minute, die verstrich, wurde es schlimmer. Peter beschloss, mit seiner bisherigen Routine zu brechen und am Abend auszugehen.

Trotz des regnerischen Wetters waren viele Menschen unterwegs, Messebesucher vermutlich. In einer HO-Gaststätte in der Innenstadt aß er einen halben Broiler mit Rotkraut und Salzkartoffeln und schlenderte anschließend durch die Stadt. Peter wusste, dass irgendwo in der Nähe das Hotel seines Großvaters gestanden haben musste. Es nannte sich *Zum Rappen*. Doch so sehr er sich auch bemühte, er konnte sich an die Adresse nicht mehr erinnern. Er musste wohl einmal Edith fragen.

Es ging schon auf 22 Uhr zu, als Peter am Dittrichring die Tanzbar *Intermezzo* entdeckte. Er hatte Glück, dass man ihn hineinließ, denn das Lokal war bestens besucht. Viele Frauen ohne Begleitung und vermutlich auch etliche männliche Besucher aus dem Westen.

Ob es nicht besser sei, wenn er gleich wieder ginge, überlegte Peter, aber die Musik gefiel ihm. Bigband-Jazz von Duke Ellington, Lionel Hampton und Count Basie. Peter beschloss zu bleiben. Nach diesem Tag hatte er sich eine Belohnung wahrlich verdient. Er war bereits bei seinem dritten Glas angelangt, als eine hübsche junge Frau sich zu ihm an die Bar setzte.

»Sind Sie auch zur Frühjahrsmesse hier?«, fragte sie mit leicht sächsischer Färbung.

Peter zögerte, dann beschloss er, erhitzt durch Jazz und Alkohol, die Gunst des Augenblickes auszunutzen. Und aufs Volle zu gehen. »Aus Stuttgart. Ursprünglich stamme ich aber aus Berlin. Und Sie? Sind Sie Leipzigerin?«

»Hört man das?«

Peter schüttelte den Kopf, dann grinste er. »Doch, aber nur ganz, ganz schwach. Ich mag Sächsisch übrigens ausgesprochen gern.«

»Dann bin ich beruhigt«, lachte die junge Frau.

»Haben Sie Lust zu tanzen?«

»Nichts lieber als das ...«

Sie gingen auf die Tanzfläche und tanzten die nächste Stunde zur Swingmusik. Peter fand es wunderbar, nach langer Zeit wieder einmal eine Frau in den Armen zu halten, die mit Leidenschaft tanzte und sich dabei von ihm herumwirbeln ließ. Die Schönheit hieß Anett Ruge und arbeitete als Mechanikerin beim VEB Fernmeldewerk Leipzig.

Peter genoss sein Spiel, gab sich als Gregor Deneke aus, Ökonom bei einem großen Nahrungsmittelhersteller in Baden-Württemberg.

Ihr Flirt wurde immer heftiger, sie küssten sich auf der Tanzfläche, zogen die Blicke anderer Gäste auf sich. Es musste etwas geschehen.

»Willst du mit zu mir kommen?«, flüsterte die junge Frau.

Peter nickte mit glänzenden Augen.

Zwanzig Minuten später betraten sie Anetts Wohnung, gingen sofort ins Schlafzimmer und liebten sich leidenschaftlich.

Als Peter auf seine Uhr schaute, war es bereits kurz vor zwei. Um sieben begann sein Dienst und er musste sich noch umziehen. Mit dem Fuß angelte er nach seiner Unterhose und überlegte, wie er aus der aberwitzigen Nummer mit der West-Identität wieder herauskam. Denn ihm gefiel Anett. Sogar sehr.

»Musst du schon gehen, Gregor?«

»Ja leider.«

»Hast du Familie in Stuttgart?«

»Na ja …«

»Ist auch egal. War schön, mal mit einem von euch da drüben im Bett gewesen zu sein.« Sie schlang die Arme um Peter. »Warst toll, mein Großer.«

Peter lächelte schief, schlüpfte in seine Anzughose, zog das Hemd über.

»Wenn du mir etwas da lassen möchtest … eine Erinnerung. Ich hätte nichts dagegen. Du darfst mir gerne was auf den Nachttisch legen. Nur zu, Großer.«

Peter griff in seine Brieftasche, holte die 200 Mark heraus, die Nuschke ihm nach der Exekution gegeben hatte, und legte sie neben das Bett.

»War wirklich schön, Anett. Sehr sogar.«

»Machst du Witze? Was soll ich mit Ost-Mark? Hast du keine West-Mark, Dollar, Schweizer Franken?«

»Nein, nein … ich …«

Anett entriss ihm die Brieftasche, schaute hinein und zog Peters Personalausweis hervor.

»Scheiße, du bist ja gar nicht aus dem Westen! Spinnst du? Was sollte dieses Lügenmärchen?«

»Ich kann das erklären, Anett. Ich hatte heute einen extrem anstrengenden Tag und als du vorhin in der Bar ...«

Anett sprang aus dem Bett, schlüpfte in ihren Morgenmantel.

»Warum hast du mir was vorgelogen? Wieso?«

»Ich weiß es nicht. Es kam plötzlich über mich ... Lass uns noch mal ganz von vorn anfangen, Anett. Wir treffen uns nächstes Wochenende und dann ...«

»Du bist ja nicht richtig im Kopf!«

Die junge Frau rannte in den Flur, riss die Wohnungstür auf.

»Raus hier. Aber plötzlich.«

Peter griff sein Jackett, ging ins Treppenhaus.

»Lass dich hier nie wieder blicken. Und dein Geld kannst du dir sonst wo hinstecken.«

Anett schmiss ihm die zusammengeknüllten 100-Mark-Scheine vor die Brust und knallte die Tür zu.

Die nächsten Tage grübelte Peter über das nächtliche Erlebnis, konnte jedoch nicht herausfinden, was ihn geritten hatte. So musste er sich mit der Erklärung zufriedengeben, dass die Hinrichtung vermutlich zu viel gewesen war, ihn völlig verwirrt hatte. Doch von nun an würde er sich im Griff haben, so etwas würde nie wieder passieren. Aber ihm fehlte ein Mensch, mit dem er sich aussprechen konnte. Dem er vertraute. Jemand wie Grischa.

19

Peter blieb auch weiterhin abends meist zu Hause, las, hörte Musik. Und wartete. Aber es sollte zehn Monate dauern, bis er erneut einen Delinquenten per unerwartetem Nahschuss töten musste.

Trotzdem gab es Veränderungen in seinem Leben. Er fuhr jetzt regelmäßig nach Berlin, besuchte in monatlichen Abständen seine Stiefeltern. Paul Körber war gesundheitlich schwer angeschlagen und deshalb ein Jahr zuvor beim Ministerium für Kultur ausgeschieden. Ein eingekapselter Granatsplitter aus dem Spanischen Bürgerkrieg, der unbemerkt geblieben war, machte ihm Probleme. Er war jahrelang in seinem Körper umhergewandert, hatte schließlich nach drei Jahrzehnten Pauls Herz erreicht und eine lebensgefährliche Ruptur verursacht. Dank einer sofortigen Operation in der Charité konnte der Riss geschlossen werden. Wenn sein Leben von nun an auch an einem seidenen Faden hing, so hatte sein Adoptivvater immerhin überlebt. ›Marx, Engels und Lenin sei Dank‹, dachte Peter. Und bei Licht betrachtet ging es ihm ja ähnlich. Auch ihm lag, in gewisser Weise, eine Schlinge um den Kopf. Auch wenn sie nicht sehr eng gezogen war. Noch.

An Silvester feierte Peter in der Karl-Marx-Allee mit seinen Stiefeltern und deren Freunden ins neue Jahr hinein. Man sah Paul Körber an, dass es mit ihm zu Ende ging. Er war abgemagert, stand unter starken Medikamenten und würde vermutlich nur noch wenige Monate leben. Umso mehr hatte seine Frau sich bemüht, ihm ein unvergessliches Fest auszurichten.

Im Speisesaal war ein Büfett aufgebaut, wie Peter es noch nie zuvor gesehen hatte. Überladen, verschwenderisch, voll köstlicher Verlockungen. Edith musste wochenlang alle möglichen Interhotel-Verkaufsstellen abgeklappert, sämtliche Reisekader in ihrem Bekanntenkreis mit Bestellungen bombardiert haben, um solch ein kulinarisches Überangebot herbeizuzaubern.

Auch viele von Pauls Kollegen hatten sich zur Silvesterfeier eingefunden. Nicht nur sein Nachfolger in der Hauptverwaltung Verlage und Buchhandel, sogar sein ehemaliger Chef, der Minister für Kultur, Klaus Gysi, war gekommen. Aber für Peter ragte eine Person unter allen Gästen heraus – Grischa Benthien, der seine Eltern zum Fest begleitet hatte.

Die Freunde umarmten sich überschwänglich.

»Seit wann bist du wieder in Berlin, Grischa?«

»Vorgestern angekommen.«

»Hast du Urlaub oder bleibst du länger?«

»Am 3. Februar geht's wieder los. Aber nicht zurück nach Brasilien. Ich bin versetzt worden.«

»Klingt spannend. Erzähl mal …«

»Später. Erst stoßen wir auf unser Wiedersehen an. Wo ist Dora?«

»Lange Geschichte. Ebenfalls später. Sekt oder Bier?«

»Bier natürlich.«

Die Silvesterfeier war in jeder Beziehung gelungen. Es wurde gelacht, getanzt und viel getrunken. Paul Körber genoss es sichtlich und Edith war glücklich, ihren Mann glücklich zu sehen. Erst nach Mitternacht, nachdem alle das Feuerwerk am Berliner Himmel bestaunt hatten und die ersten Gäste aufbrachen, fanden Peter und Grischa einen ruhigen Ort, um miteinander zu reden.

»Ist zwar Pauls geheiligtes Arbeitszimmer, aber ich weiß, dass er nichts dagegen hat, wenn wir uns an seinen Vorräten bedienen.«

Peter holte eine angebrochene Flasche spanischen Brandy und zwei Gläser aus einem Schreibtischfach.

»Cardenal Mendoza ... Gran Reserva ... Was richtig Gutes.«

Er goss ein und sie prosteten sich zu.

»Fang du an«, sagte Grischa.

Peter zögerte, dann kippte er den Brandy ex.

Sein Freund zog die Augenbrauen hoch. »So schlimm?«

»Dora hat mich verlassen. Vor etwa siebzehn Monaten. Republikflucht. Ist über Prag in den Westen abgehauen.«

»Das ist nicht dein Ernst ...«

»Doch, leider. Und ich Trottel habe vorher nichts bemerkt. Dachte bis zu ihrer Flucht, dass alles einigermaßen in Ordnung sei. Mit unserer Ehe und so.«

»Das hast du geglaubt?«

»Na ja, nicht wirklich. Aber dass sie zum Klassenfeind überläuft ...«

»Und was hat das Ministerium dazu gesagt?«

»Sie haben mich zum MdI strafversetzt. Ich bin jetzt stellvertretender Leiter der Justizvollzugsanstalt Leipzig.«

»Da hast du noch Glück gehabt.«

»Ich weiß.«

Grischa schob ihm sein Glas hin. »Gieß ein. Wenn das kein Grund zum Trinken ist, weiß ich auch nicht.«

»Und bei dir?«

Grischa begann, von seiner Zeit in Brasilien zu erzählen. Es sei ungemein interessant gewesen. Er hatte bei seiner Arbeit ständig Kontakt mit Menschen aus den kapitalistischen Staaten. Mit Amerikanern, Portugiesen, Briten, Italienern, Asiaten. Und auch mit Personen aus der BRD. Spannend, wie manche von denen dachten, erzählte Grischa.

Je mehr Peter von dem Brandy trank, umso neugieriger wurde er, wollte wissen, wie es dort mit den Frauen gewesen war. Brasilianerinnen waren bestimmt ausgesprochen heißblütige Geschöpfe. Grischa winkte ab, da war er überfragt. Es war den Mitarbeitern der Handelsvertretung nicht gestattet, Beziehungen mit einheimischen Frauen anzufangen.

Tja, wenn er nicht Wirtschaftsemissär wäre, sondern einer von Markus Wolfs sagenhaften Romeos … Das wäre natürlich etwas anderes. Als nächste Station werde er bei der Handelsvertretung in den Niederlanden arbeiten. Ob es da mit den Frauen besser aussähe, bezweifle er zwar, aber auf jeden Fall könne er von Amsterdam öfter in die Republik heimfliegen.

Die folgenden zwei Tage verbrachten die Freunde zusammen, suchten ihre alten Berliner Schlachtfelder auf, hatten jede Menge Spaß. Von jetzt an würden sie besser Kontakt halten, versprachen sie sich fest.

Doch dazu kam es nicht. Kurzfristig ordnete der Minister für Außenhandel eine Änderung an. Statt in die Niederlande wurde Grischa nach Somalia versetzt, da die Aufnahme der diplomatischen Beziehungen mit dem ostafrikanischen Land direkt vor dem Abschluss stand. Für Grischa ein großer Karrieresprung, wurde er doch stellvertretender Handelsattaché an der Botschaft in Mogadischu.

Es bedeutete aber auch, dass wahrscheinlich Monate ins Land gingen, ehe er und Peter sich wiedersehen würden.

Zurück in Leipzig informierte Major Nuschke seinen Stellvertreter, dass das Justizministerium für die nächste Woche erneut eine Exekution angesetzt hatte. Alles Weitere würden sie rechtzeitig erfahren.

Peter war froh über die Mitteilung. Nach Grischas Erzählungen war er sich unendlich klein vorgekommen, unbedeutend wie eine Schmeißfliege, der man mit einem Klatscher das Lebenslicht ausknipsen kann. Am liebsten hätte er seinem Freund erzählt, dass er es auch zu etwas gebracht hatte, trotz seiner Strafversetzung. Dass er der einzige Henker der Deutschen Demokratischen Republik geworden war. Doch diese Chuzpe hatte er nicht besessen.

Sechs Tage später bat Major Nuschke seinen Stellvertreter ins Büro. Peter war pünktlich, musste aber trotzdem noch zwanzig Minuten warten, bis auch Dr. Lerche eintrat.

»Tut mir leid. Ein Herzinfarkt auf der Krankenstation, hat es leider nicht geschafft, der Knabe. Was liegt an?«

»Eine Hinrichtung.«

Der Leiter der Strafanstalt setzte seine Lesebrille auf, blinzelte und sah auf das vor ihm liegende Schreiben.

»Genossen, es ist diesmal kein Nazi-Verbrecher oder Raubmörder. Etwas noch Verachtenswerteres ... ein Frauenmörder.«

»Interessant«, sagte Dr. Lerche. »Was genau war sein Vergehen?«

»Er hat drei Frauen getötet. Wobei er die ersten beiden gewissermaßen als Generalprobe betrachtet hat. Die zwei hat er nämlich an einem Tag erwürgt und aufgeschlitzt. In ziemlicher Eile. Am nächsten Tag war dann die eigentliche Premiere. Da hat er die dritte Frau ermordet. Seine Geschiedene. Für die hat er sich Zeit gelassen.«

»Auch aufgeschlitzt?«, fragte der Gefängnisarzt.

»Die hat er sozusagen nach allen Regeln der Kunst seziert. So wie du es bei einer Obduktion machen würdest.«

Peter hatte nur zugehört, keine Fragen gestellt. Der Mann hieß Erwin Gonda und war dreißig Jahre alt. Er arbeitete als Sektionsgehilfe am Pathologischen Institut der Charité und wohnte in Berlin-Schöneweide.

Gonda und er waren im selben Stadtbezirk aufgewachsen. Ob er ihm wohl mal über den Weg gelaufen war, fragte sich Peter. Und selbst wenn ... Nein, es war egal.

Um 3:52 Uhr in der Früh stand Peter im Hinrichtungsraum hinter der Tür, hielt seine Walther P-38 in der Hand. Als Erwin Gonda hereinkam, trat Peter einen Schritt vor und erledigte ihn mittels Kopfschuss. Das geschah völlig emotionslos, ganz so, als hätte er zuvor schon Hunderte von Straftätern auf diese Weise beseitigt. Er fühlte weder Befriedigung noch Bedauern. Abgestumpft, dachte er. Wie der Vater, so der Sohn. Peter verbannte den Gedanken. Der

Mann war ein Frauenmörder gewesen; qualifizierte sich kaum als Mensch. Was Peter getan hatte, war weniger eine Exekution gewesen als ein ganz normaler Verwaltungsakt.

Anschließend kassierte er von Major Nuschke seine Prämie und hatte den Rest des Tages dienstfrei.

Zu Hause war er gerade eingeschlafen, als es an seiner Tür Sturm klingelte. Ein Postbote übergab ihm ein Telegramm:

Paul um 3 Uhr 55 gestorben. Mutter

Sein Adoptivvater war tot. Gestorben im selben Augenblick, als er den Frauenmörder Gonda erschossen hatte. Peter holte eine Flasche Wodka aus dem Kühlschrank und trank bis zur Bewusstlosigkeit. Was er noch nie in seinem Leben getan hatte. Am nächsten Morgen hatte er einen fürchterlichen Kater, doch der Schmerz war geblieben.

Die folgenden Jahre brachten keine großen Veränderungen in Peters Leben. Zwar hatte er ab und zu eine Beziehung mit einer Frau, aber meistens hielt sie nie länger als ein paar Wochen, oft auch nur Tage.

Die Arbeit in der Justizvollzugsanstalt bestand inzwischen nur noch aus Routine. Jeder Tag verlief ähnlich ereignislos wie der vorherige und der folgende. Lediglich alle acht, neun Monate gab es eine Zäsur, die die Künste des Henkers der Deutschen Demokratischen Republik erforderte.

Bis 1977 eliminierte Peter acht weitere Todeskandidaten: mehrere NS-Verbrecher, einen Sexualstraftäter und zwei

Raubmörder. Er verrichtete seine Scharfrichtertätigkeit mit stoischer Ruhe, hakte alle als Verwaltungsakte ab.

Seinen Freund Grischa sah Peter in dieser Zeit lediglich dreimal, und immer nur für wenige Tage. Es reichte gerade so, um ihre Freundschaft nicht völlig vertrocknen zu lassen.

Im Januar 1978 starb Edith Körber an Bauchspeicheldrüsenkrebs. Fast auf den Tag genau neun Jahre nach ihrem Mann Paul. Sie hatte die Krankheit vor Peter verheimlicht, wohl um ihn nicht zu beunruhigen. Er nahm sich eine paar Tage frei und fuhr in die Hauptstadt, um die elterliche Wohnung aufzulösen. Gleichzeitig musste er sich im Ministerium für Staatssicherheit einer amtsärztlichen Untersuchung unterziehen.

Im dichten Schneegestöber parkte Peter seinen Wartburg in der Normannenstraße und lief zum Haus 1. Als er die Eingangshalle betrat, öffnete sich der Fahrstuhl und Erich Mielke trat heraus, in Begleitung seiner Entourage. Unter ihnen Generalleutnant Markus Wolf, Horst Bialek und Grischa Benthien.

Der Minister für Staatssicherheit brauchte einen Moment, dann erkannte er Peter und lachte dröhnend.

»Da brat mir einer 'nen Storch. Wenn das nicht unser pfiffiger Junge aus dem Wedding ist!«

Peter war verstört, stammelte eine Grußfloskel.

Erich Mielke schlug ihm kräftig auf die Schulter.

»Lass mal stecken, Kleiner. Hast dich gut gemacht. Noch ein paar Jahre, dann erlös' ich dich.«

»Für jeden kommt die Stunde der Rettung, wenn er nur ein heißes Herz und saubere Hände hat«, sagte Horst Bialek und lächelte süffisant.

Dann schritt die Gruppe zum Ausgang und verließ das Gebäude.

Grischa hatte von Peter nicht die geringste Notiz genommen.

Zurück in der Karl-Marx-Allee verpackte Peter die restlichen Sachen seiner Stiefeltern in Kartons. Das meiste hatte er bereits am Vortag geschafft. Er war froh über die körperliche Arbeit, so war es einfacher, nicht an das Erlebnis im Ministerium für Staatssicherheit zu denken. Grischa ... sein bester Freund. Wieso hatte er ihn geschnitten? Warum?

Es war bereits nach 20 Uhr, als es läutete. Peter ging zur Tür. Ein Fleurop-Bote überreichte ihm einen Strauß Nelken, in dem ein kleiner Grußumschlag steckte.

In der Küche stellte er die Blumen in den Spülstein und öffnete das Briefchen:

Grün-weiß, transistorized – Morgen 15 Uhr

Er brauchte einen Moment, bis er die kryptische Botschaft verstand. Dann lächelte er. Sein bester Freund hatte ihn also doch nicht vergessen.

Als Peter am nächsten Tag zu ihrem alten Treffpunkt im Volkspark Friedrichshain ging, hatte es endlich aufgehört zu schneien. Es war eisig kalt und die Sonne ließ die Landschaft silbrig hell glitzern und funkeln.

Grischa wartete schon hinter der Freilichtbühne auf ihn.

»Hast du lange gebraucht, um meine Nachricht zu entschlüsseln?«

»Ging so ... anderthalb Minuten, um ehrlich zu sein.«

»Akzeptabel.«

Sie spazierten durch den verschneiten Park, auf Wegen, die sie früher oft gegangen waren. Grischa erklärte Peter, warum er ihn im Ministerium nicht gegrüßt hatte. Eine halbe Stunde zuvor sei er von Erich Mielke zum Oberstleutnant ernannt worden und der Minister für Staatssicherheit habe große Pläne mit ihm, die von Markus Wolf unterstützt würden.

»In sechs Wochen werde ich an unsere Botschaft in Washington, D. C. versetzt. Ein absoluter Traum. Ich möchte mir diese einmalige Gelegenheit nicht durch eine unbedachte Handlung zerstören.«

»Indem du zum Beispiel einen strafversetzten Freund begrüßt? Mielke weiß mit Sicherheit, dass wir schon ewig befreundet sind.«

»Trotzdem muss ich ihn nicht provozieren. Du weißt selbst, wie brutal er sein kann.«

»Das musst du mir nicht sagen.«

»Tut mir wirklich leid, Peter. Ich hoffe, du nimmst es nicht persönlich. Du wirst immer mein bester Freund bleiben, aber ...«

»Schon gut. Ich hätte an deiner Stelle genauso gehandelt. Ich beneide dich wirklich. Du kannst in den Staaten alle unsere Helden auf der Bühne erleben, sie endlich live spielen hören: Thelonious Monk, Miles Davis, Sonny Rollins … Mensch, wenn ich bloß mitkommen könnte.«

»Ich werde dir bei meinem nächsten Heimaturlaub einen dicken Stoß LPs mitbringen. Die allerneuesten. Versprochen.«

Doch es sollte das letzte Gespräch der beiden Freunde sein. Beide spürten, dass bei der Begegnung im Ministerium für Staatssicherheit etwas unwiederbringlich zerstört worden war. Auch wenn keiner es vor dem anderen zugeben wollte. Nach einer Stunde waren sie halb durchgefroren. Doch statt wie früher irgendwo etwas Warmes zu trinken, trennten sie sich.

In den nächsten drei Jahren exekutierte Peter noch drei weitere Delinquenten. Einen Fregattenkapitän der Volksmarine, der für den Nachrichtendienst der BRD militärische Einrichtungen ausspioniert hatte, einen Kinderschänder, der einen Knaben getötet hatte, und einen SS-Hauptsturmführer, der wegen der Ermordung Tausender sowjetischer Bürger zum Tode verurteilt worden war.

Ein nennenswertes Privatleben hatte Peter nicht mehr. Frauen mied er, verbrachte seine Zeit mit Lesen und Musik hören. Er trank mehr als früher, versuchte allerdings, dies auf seine dienstfreien Tage zu beschränken. Es schmerzte Peter, dass er keinen Kontakt mehr zu Grischa hatte, doch damit hatte er gerechnet.

Am 25. Juni 1981 wurde er kurz nach Dienstantritt in Major Nuschkes Büro gerufen. Der Anstaltsleiter war nervös, ungewöhnlich angespannt. Er deutete auf den Telefonhörer, der neben seinem Diensttelefon lag.

»Für dich, Genosse ... Der Minister für Staatssicherheit.«

Peter nahm den Hörer.

»Hauptmann Körber ...«

Am anderen Ende der Leitung war Erich Mielke.

»Ab sofort bist du wieder Major, Genosse. Ich hab ja versprochen, dass ich dir eine zweite Chance geben werde. Der Innenminister ist einverstanden.«

»Ich danke Ihnen, Genosse Minister.«

»Jetzt sei aber auch ein pfiffiges Köpfchen und versaue es nicht. Hast du kapiert?«

»Jawohl.«

»Gut. Wir liefern euch morgen ein Verbrecherschwein, wie es die Welt noch nicht gesehen hat. Abschaum ist noch geschönt. Er hat alle verraten, das Drecksvieh. Vater, Mutter, unsere sozialistische Gesellschaft, die ganze Republik. Du wirst ihn abknallen wie einen räudigen Hund. Ist das klar?«

»Jawohl, Genosse Minister.«

»Gut. Wenn du das erledigt hast, sehen wir weiter.«

Ohne sich zu verabschieden, legte Mielke auf.

Am kommenden Tag wartete Peter mit der Pistole in seinem Büro, bis Major Nuschke ihn schließlich um 3:48 Uhr abholte. Wie üblich betraten sie durch die Stahltür die ehemalige Dienstwohnung des Heizers.

Im Hinrichtungsraum stellte sich Peter auf die vertraute Position hinter der Tür und zog seine Walther P-38. Er atmete flach, konzentrierte sich auf die vor ihm liegende Aufgabe. Dann hörte er im Flur ein Räuspern und der Todeskandidat betrat den Raum.

Die Tür schloss sich, Peter trat einen Schritt vor, hob die Waffe und exekutierte den Mann mit einem Kopfschuss. Der sackte lautlos zu Boden.

Major Nuschke und Dr. Lerche kamen hinzu. Der Arzt ging in die Hocke, drehte den Delinquenten zur Seite, um den Tod festzustellen.

Peter erstarrte. Magensäure jagte in seiner Speiseröhre empor, er erbrach sich neben den Toten.

Der Mann, den er gerade hingerichtet hatte, war Grischa.

Auge um Auge ... beinahe wie mechanisch gesteuert hob sich Peters Arm. Er spürte den unnachgiebigen Lauf der Pistole an seiner Schläfe. Jetzt begriff er endlich, was sein Vater meinte, als er schrieb, dass sein Überleben vielleicht eine Strafe gewesen war. Bevor er den Finger durchdrücken konnte, schlug Nuschke ihm die Waffe aus der Hand.

»Raus hier, Genosse! Sofort!«

Zwanzig Minuten später saß Peter in Major Nuschkes Büro und der Anstaltsleiter füllte ihm ein weiteres Wasserglas mit *Goldbrand*, nachdem Peter das erste in einem Zug geleert hatte. Allmählich fand Peter seine Fassung wieder und Nuschke las ihm Grischas Todesurteil vor.

Grischa Benthien hatte sich in den USA von Agenten der Central Intelligence Agency anwerben lassen, die ihm gegen entsprechende Informationen eine neue Existenz in ihrem Land versprochen hatten. Benthien war darauf eingegangen und hatte die Namen vieler seiner Kundschafterkameraden preisgegeben. Doch sein Verrat war nicht unentdeckt geblieben. Unter einem Vorwand hatte man Grischa Benthien zurück in die Republik beordert und ihn vor dem Ersten Militärstrafsenat des Obersten Gerichtes der DDR angeklagt. Wegen Spionage in einem besonders schweren Fall in Tateinheit mit geplanter Fahnenflucht. Am 23. Juni 1981 wurde er zur Todesstrafe verurteilt. Sein Gnadengesuch war abgelehnt worden.

Am übernächsten Morgen rief Mielke erneut in der Haftanstalt an und gratulierte Peter zu seinem erfolgreichen Einsatz.

»Ist es dir schwergefallen, deinen feinen Freund zu töten?«

»Ich weiß es nicht, Genosse Minister. Vermutlich schon. Aber es war im Sinne unserer tschekistischen Moral sicherlich angebracht.«

»Sicherlich angebracht ... Schau einer an. Unser pfiffiger Junge aus dem Wedding hat ja seine Lektion begriffen. Du hast bei mir einen Wunsch frei.«

»Ich möchte gerne von meiner Aufgabe als Scharfrichter der Deutschen Demokratischen Republik entbunden werden.«

»So, so, das möchtest du.«

»Ja, das ist mein Wunsch.«

»Dann reiche deinen Rücktritt ein.«

»Vielen Dank, Genosse Minister. Sie haben sicher irgendeine Aufgabe für mich.«

»Nein, das MdI wird dich freistellen. Aus gesundheitlichen Gründen. Und das gilt ab sofort.«

Am 28. Juni 1981 entließ Innenminister Friedrich Dickel den Tschekisten Major Peter Körber in die vermeintliche Freiheit.

Epilog

Obwohl es oft feucht war, liebte Peter Körber sein Wochenendhäuschen, hatte hier in den vergangenen fünf Jahren, seit er quasi im Ruhestand lebte, so etwas wie Ruhe gefunden. Bis zum heutigen Morgen.

Kurz nach acht klopfte es lautstark an die Tür.

Es war Wochen her, dass Peter Körber zum letzten Mal Besuch bekommen hatte. Er brauchte eine Ewigkeit, bis er wach wurde, schlüpfte schließlich in seinen verwaschenen Morgenmantel und wankte zur Tür.

Draußen stand Horst Bialek, mittlerweile in der ZAIG des Ministeriums für Staatssicherheit tätig. Als sie sich das letzte Mal begegnet waren, befand sich Peter am absoluten Tiefpunkt. Ihre Freundschaft war allerdings schon viel früher zerbrochen.

»Hallo, Peter«, sagte Bialek.

Peter betrachtete den alten Weggefährten stumm. Er war fett geworden, hatte mindestens zwanzig Kilo zugelegt. Er trug jetzt eine Hornbrille und das fuchsrote Haar war schütter. Aber das süffisante Lächeln hatte Horst Bialek nicht verlernt.

»Morgen ...«

»Schon gefrühstückt?«, fragte Bialek.

Peter schüttelte den Kopf.

Der Oberst griff in eine Papiertüte, holte eine Flasche hervor.

Westware.

Whisky.

Racke Rauchzart.

»Gibt's hier eigentlich Natur?«, fragte Bialek. »Tiere und so?«

»Sicher, überall ... Fischreiher ... Eisvögel.«

Der Oberst wandte sich zum Feldweg, auf dem zwei mausgraue Gestalten vor einer Wolga-Limousine warteten, im Morgennebel nur schemenhaft erkennbar.

»Genossen, hier sollen irgendwo Vögel nisten. Schaut euch mal um. Aber seid leise. Verscheucht die armen Viecher bloß nicht.«

Dann folgte Horst Bialek seinem ehemaligen Freund Peter Körber in dessen Häuschen.

Auch Westschnaps reicht nicht ewig. Um halb elf war die Flasche Racke Rauchzart leer. Doch beim Trinken hatten die beiden Männer nur nichtssagende Worte gewechselt, Unwichtiges beredet, den Anlass für Bialeks Besuch nicht angesprochen. ›Auf Dauer eine frustrierende Prozedur‹, dachte Peter.

»Was willst du eigentlich, Genosse Oberst?«

»Horst, bitte.«

»Was willst du, Horst?«

»Ich brauche dich. Wir brauchen dich. Das MfS braucht dich.«

»Ich wurde erst strafversetzt und zuletzt außer Dienst gestellt. Das weiß niemand besser als du.«

Der Oberst grinste schief, tat so, als wolle er voller Verzweiflung die fast leere Flasche Whisky auswringen.

»Hast du noch irgendwas Flüssiges?«

»Ein paar Flaschen Stachelbeerwein.«
»Verschone mich mit dem Zeug.«
»Dann sag endlich, was du möchtest. Was erwartet ihr von mir?«

Plötzlich war Oberst Bialek hellwach. Nichts deutete darauf hin, dass er innerhalb von zwei Stunden eine halbe Flasche Whisky weggekippt hatte. Er setzte sich gerade hin, nahm Haltung an.

»Peter, du musst noch einmal etwas für uns tun. Für mich persönlich genau genommen. Sonst geht es mir an den Kragen. Und du weißt, was das bedeutet. Du kennst unseren Minister.«

»Was möchtest du?«

»Du musst jemanden für uns erledigen. Ein allerletztes Mal.«

Peter stand auf, drehte Bialek den Rücken zu.

Er ging zum Fenster, schaute hinaus auf die Elbe, suchte nach dem Biber, der seit einiger Zeit an einem Nebenarm einen Damm baute. Unermüdlich arbeitend, jeden Tag aufs Neue, trotz zahlreicher Rückschläge. Peter fühlte sich dem pelzigen Gesellen sehr nah. Fronarbeit. Das mussten sie beide erledigen. Fronarbeit. Allerdings würde sein Freund der Biber seine Aufgabe irgendwann erledigt haben. Wohingegen er auf ewige Zeiten in den Netzen des Ministeriums für Staatssicherheit gefangen war. Unentrinnbar. Bis ihn der Tod ereilte. Schicksal und der ganze Mist.

Der ehemalige Hauptmann des MfS drehte sich herum.
»Warum sollte ich dir helfen, Genosse Horst? Was tust du für mich?«

Bialek griff in seinen Mantel, zog einen großen Umschlag heraus.

»Ich habe Informationen. Die dir mehr wert sein dürften als … als alles andere, was man dir seit unseren glückstrunkenen Tagen in der Normannenstraße mitgeteilt hat.«

Bialek gab Peter den Umschlag.

Der wog ihn in der Hand. Öffnete ihn schließlich. Er enthielt ausschließlich Fotos, sowohl in Schwarz-Weiß als auch in Farbe. Peter breitete sie auf dem Couchtisch aus, betrachtete sie.

Auf den meisten Bildern war Dora zu sehen, seine ehemalige Frau. Meistens mit einem Jungen in unterschiedlichen Altersstufen. Vom Säugling bis zum jungen Mann. Andere Fotos zeigten Dora und den Jungen mit Freunden, für Peter alles Unbekannte. Die Bilder waren nicht in der DDR aufgenommen worden, das sah er sofort, sondern irgendwo im westlichen Ausland.

»Wer ist das?«

»Dein Sohn.«

»Ich habe keinen Sohn.«

»Doch, Peter, hast du. Er heißt Simon und ist vor kurzem achtzehn geworden. Dora war mit ihm schwanger, als sie Republikflucht begangen hat.«

»Du lügst, Horst. Das sind Fälschungen.«

»Nein. Er wurde am 3. März 1968 in Koblenz geboren. Als Simon Grau. Dora hat im Westen ihren Mädchennamen wieder angenommen.«

»Und wieso soll ich der Erzeuger sein?«

»Im Geburtsregister des Jungen wurde zwar kein Vater

angegeben, aber wir haben eine Paternitätsanalyse durchführen lassen. Simon ist zweifelsfrei dein Sohn.«

»Seit wann wisst ihr das?«

»Einige Genossen der Hauptverwaltung Aufklärung wollten trotz Republikflucht im Frühjahr '72 Dora für eine aktive Maßnahme gewinnen. In dem Zusammenhang wurde deine Vaterschaft geklärt.«

»Und seit wann weißt du persönlich von dem Jungen?«

»Ist doch egal, Peter. Dora hat allerdings eine Mitarbeit abgelehnt. Trotz vieler Versprechungen unsererseits. Sie lebt mit deinem Sprössling in Rheinland-Pfalz. Möchtest du deinen Sohn nicht kennenlernen? Ihm persönlich begegnen?«

»Im Westen?«

»Selbstverständlich. Ich denke an eine mehrtägige Dienstreise in die BRD.«

»Und das könntest du bei Mielke durchsetzen? Bei meiner Vorgeschichte? Du spinnst, Horst. Lass die Finger vom Schnaps.«

»Ich habe bei dem Genossen Minister noch etwas gut. Er wird mir meine Bitte nicht abschlagen.«

»Und wen wollt ihr exekutieren?«

»Einen Überläufer. Gregor Häusler, das größte Dreckschwein, das je im Dienst des Ministeriums stand. Er hat zahlreiche unserer Kundschafter auffliegen lassen. Und das Schlimmste: Er hat dem Westen die Identität des Genossen Wolf verraten.«

»Der *Mann ohne Gesicht* ist enttarnt? Im Ernst?«

»Schon seit Jahren. Mielke verlangt, dass dieser Kretin

dafür bezahlt. Der Bundesnachrichtendienst hat Häusler zwar mit einer neuen Biografie ausgestattet, aber die haben wir jetzt geknackt. Er arbeitet in Frankfurt am Main bei einer Bank.«

»Und ich soll in den Westen fahren und ihn erschießen?«

»Genau. Anschließend kannst du dich für drei, vier Tage mit deinem Sohn treffen. Dora wird davon nichts erfahren. Wir werden dafür sorgen, dass sie zu dem Zeitpunkt nicht vor Ort ist.«

»Wann soll das stattfinden?«

»Voraussichtlich Ende Januar. Wir brauchen etwas Vorbereitungszeit.«

»Falls ich diesen Auftrag akzeptiere … Habt ihr keine Angst, dass ich mich in den Westen absetze, ohne Häusler zu exekutieren?«

Oberst Bialek lachte, stieß versehentlich die leere Flasche Whisky um, die zu Boden fiel und in Stücke sprang. Er ignorierte es, klopfte sich prustend auf den Bauch.

»Peter, Peter, Peter! Seit wann verfügst du über Humor? Dieses Nest hier scheint dir ja richtig gut zu tun. Jetzt mal unter uns Tschekisten: Glaubst du im Ernst, dass der Bundesnachrichtendienst dich mit deiner Vergangenheit schützen wird? Vergiss es. Die Jungs funktionieren nicht anders als wir. Die machen dir einen Geheimprozess und anschließend wirst du in irgendeinem Hotelzimmer aufgefunden. Tod durch Suizid.«

Peter Körber griff nach den Fotos, auf denen Dora allein zu sehen war. Im Bikini an einem Strand im Süden, beim Wasserskifahren, vermutlich irgendwo am Mittelmeer, dann beim Bergsteigen, in einer verschneiten Hochgebirgslandschaft. Sie war eine schöne Frau. Auch heute noch.

Nachdem sie heimlich abgehauen war, hatte er sich immer wieder ausgemalt, wie es sein würde, wenn er bei ihr an der Haustür klingeln und sie zur Rede stellen würde. Damals hatte ihm diese Vorstellung geholfen, seinen unendlichen Hass zu besiegen. Aber jetzt ... jetzt war es für solche Gedankenspiele zu spät. Dora war ihm inzwischen egal. Er hatte ihr gemeinsames Kapitel längst zugeschlagen. Aber der Junge ... Simon ...

Peter nahm eines der Fotos von ihm und betrachtete es eingehend. Ja, es war unverkennbar sein Sohn.

Peter legte das Foto wieder auf den Tisch. »Soll ich uns einen Kaffee machen, Horst?«

»Es reicht, wenn du mir sagst, ob du den Auftrag annimmst.«

»Ich mache es. Aber nicht wegen dir oder des MfS, ich tue es allein für Simon.«

»Selbstverständlich, Peter.«

»Und wenn ich den Jungen überreden kann, mit mir in die Republik zu kommen, dann werdet ihr mir einen reibungslosen Ablauf garantieren. Ist das klar?«

Horst Bialek verzog den Mund und ein süffisantes Lächeln erschien in seinem Gesicht.

»Wenn du das schaffst, Peter, dann verspreche ich dir, dass deinem Sohn in unserer Republik sämtliche Türen offenstehen. Und jetzt hol den verdammten Stachelbeerwein.«

Nachdem Bialek und seine Leute zurück in die Hauptstadt gefahren waren, saß Peter am Wohnzimmertisch und dachte nach.

Er hatte also einen Sohn und es gab die Chance, dass er ihn persönlich kennenlernen konnte. Würde es bei der Begegnung zu einem Gespräch zwischen Vater und Sohn kommen? Was sollte er dem Jungen sagen, wenn dieser ihn nach seinem Leben fragte? Wie sollte er ihm erklären, welche Tätigkeit er für seinen Staat verrichtet hatte? Für die Deutsche Demokratische Republik. Konnte er Simon die Tragweite seines Handelns überhaupt begreifbar machen?

Dass Peter das Amt des Henkers übernommen hatte, stand am Ende einer langen Entwicklung, es war ein unausweichliches Resultat verschiedenster Vorgänge, auf die er nur wenig Einfluss gehabt hatte. Trotzdem musste er seinem Sohn gegenüber Rechenschaft ablegen. Das war seine Pflicht. Er musste ihm die Dinge im Einzelnen darlegen, ihm die Zwänge schildern, denen er ausgesetzt gewesen war. Damit Simon das Handeln seines Vaters verstehen konnte. Seine Entscheidung betraf nicht nur sein Leben, sondern auch die Zukunft seines Sohnes.

Der ehemalige Hauptmann des Ministeriums für Staatssicherheit ging in die Abstellkammer. Er nahm einen Karton aus dem untersten Regalfach, trug ihn ins Wohnzimmer. In dem Behältnis befand sich ein Banddiktiergerät Diktina BG-21, das vom *VEB Messgerätewerk Zwönitz* hergestellt worden war. Peter kannte es gut, hatte es regelmäßig bei der Arbeit im MfS benutzt. Ein Doppelspurgerät mit Handmikrofon, Fußschalter und Kopfhörer.

Das Gerät war in der Leipziger Dienststelle ausgemustert worden und er hatte es günstig erwerben können. Peter holte acht Tonbänder aus dem Karton. Sie waren noch unbenutzt. Das sollte ausreichen. Wenn er diese Bänder fertig besprochen hatte, würde er nach Frankfurt am Main fahren und die Verpflichtung erfüllen, die er wenige Stunden zuvor eingegangen war.

Peter schaltete das Gerät ein und griff zum Mikrofon. Er musste sich räuspern, so lange war es her, dass er etwas auf ein Tonband gesprochen hatte.

»Mein Name ist Peter Körber und man hat mir heute mitgeteilt, dass ich einen Sohn habe. Einen männlichen Nachkommen von achtzehn Jahren, von dessen Existenz ich bislang nichts wusste. Ich hoffe, dass ich meinem Sohn Simon schon bald persönlich begegnen werde. Doch ich weiß nicht, was die Zukunft uns beiden bringen wird. Und deshalb ...«

Er hielt einen Moment inne, überlegte die nächsten Worte, spulte ein Stück zurück.

»Und deshalb habe ich mich entschlossen, für Simon meine Erinnerungen auf Tonband zu sprechen. ... Simon, mein Sohn, ich wurde am 6. August 1940 geboren und stamme aus Leipzig ...«

Peter Körber zögerte erneut, ließ das Mikrofon sinken. Seine Tante Edith hatte ihm die Aufzeichnungen seines Vaters nicht übergeben wollen, warum also sollte er seinen Sohn mit den Tagebüchern seines Großvaters und mit seinen eigenen Aufzeichnungen belasten? Sollte er Simon überhaupt treffen? Wäre es nicht besser, der Sohn würde seinen Vater nie kennenlernen, bliebe ganz frei von der Vergangenheit?

Die Wirkung von Whisky und Stachelbeerwein hielt noch an, aber trotzdem sah Peter auf einmal alles ganz klar. Er packte das Diktiergerät und die Tonbänder wieder ein und griff nach den Tagebüchern seines Vaters, die noch aufgeschlagen auf dem Tisch lagen. Fritz Wernickes Leben. Buch für Buch riss er die Seiten heraus. Draußen würde er ein Feuer machen. Er wollte ohnehin noch Gartenabfälle verbrennen.

Nachwort
... und dabei anständig geblieben

In einer Gesellschaft, die die Todesstrafe verhängt, muss es auch Henker geben. Doch schon die euphemistischen Bezeichnungen, die in der Geschichte für dieses »Handwerk« gewählt wurden, offenbaren den von jeher bigotten Umgang mit dem staatlich sanktionierten Töten. So wurden die Henker oder Scharfrichter auch Nachrichter oder – lateinisch – Carnifex genannt, ihnen umgangssprachlich freundliche Namen wie Meister Hans oder Freimann beigegeben. Als Rainer Wittkamps Protagonist, Fritz Wernicke, zum ersten Mal das Wort Freimann hört, ist er perplex, war dem sonst so gelehrigen Schüler diese Bezeichnung für seinen neu gewählten Berufsstand bisher völlig unbekannt. Und Gustav, ein erfahrener Scharfrichterhelfer, der Fritz in die Geheimnisse der Zunft einweihen soll, weiß noch mehr solche Umschreibungen aufzuzählen: Angstmänner, Blutrichter, Hautabzieher, Dehner, Blutvogte oder Knüpfauf.

Obwohl die Todesstrafe in manchen Staaten fest im Strafkatalog verankert war oder ist, galten die Henker gesellschaftlich wenig, waren eine geächtete Randgruppe. Vielleicht deshalb wurde im 19. und 20. Jahrhundert auch im deutschen Sprachraum das Amt des Scharfrichters häufig von Generation zu Generation vererbt. Wer aus einer solchen Scharfrichterfamilie stammte, dem lag diese berufliche Zukunft nahe. Auch die Lipperts, in deren Familie Fritz einheiratet, gehen »seit über dreihundert Jahren ihrem Handwerk nach«. Just diese Profession nun sucht sich

Fritz Wernicke als Vehikel für seinen eigenen gesellschaftlichen Aufstieg aus.

Diesen schlecht beleumundeten Berufsstand hat Rainer Wittkamp in seinem Roman *Mit aller Macht* in den Mittelpunkt gerückt. Der Leser begibt sich mit Fritz Wernicke und seinem Sohn Peter auf eine Reise durch Deutschland im 20. Jahrhundert. Es entfaltet sich in einer Art Entwicklungsroman ein deutsches Panorama von der Weimarer Republik über die Herrschaft des Nationalsozialismus bis in die Nachkriegszeit in zwei deutsche Staaten hinein. Fritz Wernicke will mit aller Macht »nach oben«, träumt schon als Lehrling von einer Karriere als Hoteldirektor, vom eigenen Hotel. Dieser unbedingte Wunsch, sozial aufzusteigen, wird ihm letztlich zum Verhängnis. Seinen Aufstieg allein durch seiner Hände Arbeit zu schaffen, wird ihm durch ein betrügerisches Pärchen unmöglich gemacht, das ihn in der Schweiz um seine Ersparnisse bringt. Bleibt also schließlich nur mehr die Möglichkeit, in wohlhabendere Kreise einzuheiraten.

Wittkamp zeichnet ein bürgerliches Idyll, in das sein Protagonist hineingerät: Der Gastronom Hans Lippert, der als alleinerziehender Vater mit seiner Tochter Lina das Hotel *Zum Rappen* in Leipzig betreibt und dem zu seinem Glück nur noch der passende Schwiegersohn fehlt. Als hätten sie auf Fritz gewartet. Und so fügt sich bald eines zum anderen. Als einer der Scharfrichterhelfer des Schwiegervaters tödlich verunglückt, sieht Fritz seine große Chance gekommen und steigt in das Hinrichtungsgeschäft ein. Ohne Wenn und Aber.

Nicht zufällig hat der Autor das Jahr 1935 für diesen folgenschweren Schritt in Fritz' Leben gewählt. Die Nazis haben zwei Jahre zuvor die Macht übernommen. Die Tochter des Hauses, Lina, ist in der NS-Frauenschaft organisiert und hat die Glaubensbekenntnisse der neuen Machthaber bereits verinnerlicht: Die Volksgemeinschaft muss mit allen Mitteln geschützt werden. Und schon bald waltet Fritz als Gehilfe des Scharfrichters seines Amtes. Sie vollstrecken gemeinsam ein Todesurteil. Wer keinen Platz in der Volksgemeinschaft mehr hat, wird in letzter Konsequenz vernichtet. So die Ratio des NS-Regimes.

Anhand von Fritz Wernickes Leben gestaltet Wittkamp eine Parabel auf die Deutschen und ihre individuelle, aber auch kollektive Schuld im 20. Jahrhundert. Fritz ist zu Anfang des Romans ein grüner Junge, der frohgemut in die Welt hinauszieht, um sein Glück zu machen. Später »stolpert« er in eine gesellschaftliche und soziale Konstellation, die ihn zum Täter werden lässt, da ihm der moralische Kompass zu fehlen scheint. Fritz Wernicke steht damit stellvertretend für unzählige Deutsche, denen sozialer Aufstieg und wirtschaftlicher Erfolg als oberste Handlungsmaxime galten.

Was die Rolle der Scharfrichter angeht, hat sich Wittkamp an historischen Persönlichkeiten orientiert. Er hat bestimmte Elemente aus verschiedenen Biografien realer Scharfrichter in seinen Figuren zusammengefügt. Da gibt es den Österreicher Josef Lang (1855-1925), der ähnlich wie die Lipperts als Gastronom tätig war, in Wien ein kleines Kaffeehaus betrieb und über die Tätigkeit als Gehilfe den Weg zum Scharfrichter fand. Oder den von der Weimarer Republik bis ins Nachkriegsdeutschland tätige Johann Reichhart (1893-1972), der, nachdem er dem NS-Regime gedient hatte, für die Alliierten nach 1945 Kriegsverbrecher exekutierte. Und den letzten Henker der DDR, Hermann Lorenz (1928-2001) – Peter Wernickes Einsatz als Scharfrichter in Leipzig ist nach seinem Vorbild gezeichnet. In diesem Roman ist vieles erfunden, aber insbesondere manche Grausamkeit der Realität entnommen. So entsprang die Hinrichtung der Hitler-Attentäter vom 20. Juli 1944, mit Stahlseilen an Fleischerhaken aufgeknüpft, nicht der Gewaltfantasie eines Autors, sondern ist in ihrer Grausamkeit Beleg für den Vernichtungswillen eines Diktators und eines ganzen Systems.

Das Zusammentreffen von bürgerlichem Idyll und Henkertum wird dabei zum Sinnbild dessen, was auch das NS-Regime ausmachte. Am 8. September 1939, kurz nach dem Überfall der Wehrmacht auf Polen, heiraten Lina und Fritz. Es war, so heißt es im Roman, ein Freitag, »an dem den ganzen Tag die Sonne schien, als hätte Hans Lippert auch hier seine Finger im Spiel gehabt. Das Fest war umwerfend, geradezu berauschend, genauso, wie der Scharfrichter es sich für seine Tochter immer erträumt hatte.« Das Besondere: In dem von Nationalsozialisten regierten Deutschland werden die Henker im Roman plötzlich gesellschaftsfähig. So erscheinen die Leipziger Honoratioren und die Vertreter der Kirchen zu der Familienfeierlichkeit. Sogar der NSDAP-Gauleiter, als höchster Repräsentant des Regimes vor Ort, entsendet einen Stellvertreter, um seine Aufwartung zu machen. In gewisser Weise holt der Roman über Fritz Wernicke die von Deutschen in ganz Europa begangenen Verbrechen zurück »nach Hause«. Wernicke macht sich den Vernichtungswillen des Oberstaatsanwalts Henlein, Mitglied in NSDAP und SS, und damit des ganzen Regimes zu eigen, etwa wenn davon die Rede ist, einige Bibelforscher »schnellstmöglich auszurotten«. »Darin sah er für seine Arbeit kein Problem.« Fritz beschäftigt viel mehr die rein technische Frage des seriellen Tötens, da er noch nie zuvor fünf Personen an einem Tag exekutiert hatte. Das Morden in Serie ist also die eigentliche Herausforderung – nicht etwa das Warum oder Wofür.

Diese Verstrickung in die Vernichtungsmaschinerie führt den Protagonisten ins eigentliche Herz der Finsternis – die pseudo-moralische Begründung und Verbrämung der Verbrechen gegen die Menschlichkeit. Wittkamp legt seinen Figuren Sätze in den Mund, die aus Heinrich Himmlers berüchtigter »Posener Rede« vom 4. Oktober 1943 vor hochrangigen SS-Angehörigen stammen – eines der zentralen Dokumente zu Völkermord und Holocaust:

»Es sind allesamt Männer, die dem deutschen Volk einen großen Dienst erweisen, Brigadeführer …«

»Richtig, das genau sind meine Worte. Männer die dabei, abgesehen von wenigen menschlichen Aussetzern, anständig und tapfer geblieben sind. Egal, wie schwer ihre Arbeit auch war. Obwohl ihr Ruhmesblatt niemals geschrieben werden wird.«

Zweigeteilt wie das Land ist auch der Roman. Fritz' Sohn Peter überlebt als Einziger aus der engeren Familie einen Bombenangriff auf Leipzig. Sowohl Hans Lippert als auch seine Mutter Lina sterben, während Fritz in Berlin seinem blutigen Handwerk nachgeht. Später lebt mit Peter die Scharfrichter-Dynastie in der DDR weiter. Die Tradition wird »unbewusst« fortgesetzt, denn der kleine Peter hat seinen Vater kaum gekannt, kann sich an ihn nicht erinnern. Und auch im neuen Staat wird die Todesstrafe legitimiert. Nun dient sie »der Sicherung und somit dem dauerhaften Schutz unseres souveränen sozialistischen Staates«, wie ein Vertreter des Ministeriums für Staatssicherheit (MfS) vor seinen Studenten, zu denen auch Peter gehört, doziert. Die Strafe dient der »Erhaltung des Friedens« und trägt »einen zutiefst humanistischen Charakter«.

Rainer Wittkamp hat die Frage, was die Deutschen in zwei Diktaturen im 20. Jahrhundert zum Tätervolk machte, auf die Ebene einer Familie heruntergebrochen. Hier scheint es eine biologisch-vererbliche oder, wie im Fall von Fritz zunächst, wahlverwandtschaftliche Determinante zu geben. Denn sogar Peter macht sich später schuldig. Er wird hauptamtlicher Mitarbeiter des MfS und schließlich in dessen Auftrag zum Henker. Immer wieder lässt Wittkamp historisch belegte Persönlichkeiten auftreten. So ist sich Erich Mielke, Stasi-Chef und Teil der DDR-Nomenklatur, sicher, dass den Wernickes das Töten im Blut liegt: »Dein leiblicher Vater Fritz Wernicke war der wichtigste Henker des Nazipacks.« Die Lektüre der Tagebücher seines Vaters, die ihm seine Tante und Zieh-Mutter Edith als Vermächtnis überlassen hat, bringt Peter dazu, sich näher mit dieser Genealogie des Verbrechens zu beschäftigen: Trotz seiner Bestürzung über den Werdegang seines Vaters geht auch Peter zunächst auf diesem Weg weiter. Er versucht dabei, die Exekutionen, durch die er sich im DDR-System wieder freikaufen will, als reinen Verwaltungsakt zu sehen. Das Böse trägt keine diabolischen Züge, sondern kommt im Verwaltungsgrau daher, in seiner ganzen Banalität – zumindest will er sich das so einreden. Peters Frau Dora, die in den Westen geflohen ist, ist im Roman fast spiegelbildlich zu Fritz' Lina angelegt. Ebnet die eine Fritz' Weg in die Henkerdynastie der Familie Lippert, eröffnet Dora den Wernickes den Ausstieg aus dieser schuldhaften Verstrickung. Dora ist eher regimekritisch eingestellt. Sie arbeitet für das DDR-Modemagazin *Sibylle*, reist beruflich häufig nach Prag und setzt dort schließlich ihre Fluchtfantasien in eine veritable Republikflucht um, die sie und ihren ungeborenen Sohn in die Bundesrepublik bringt.

Peter bleibt allein im Osten zurück. Als Ehemann einer Republikflüchtigen wird er vom System geächtet. Republikflucht durfte, vor allem bei hauptamtlichen Mitarbeitern des MfS und ihren Angehörigen, nicht sein. Seine Abkommandierung nach Leipzig soll ihm Gelegenheit zur Bewährung bieten: in der Funktion als Henker. Doch moralisch-menschlich bedeutet sie das Gegenteil. Als er Grischa, seinen Jugendfreund, hingerichtet hat und damit den biblischen Brudermord wiederholt, tötet dies Peter in gewisser Weise selbst. Auch diesen Grischa Benthien hat Rainer Wittkamp – wie andere Romanfiguren – nach einer historischen Persönlichkeit gestaltet. 1981 wurde Werner Teske, ein hauptamtlicher Mitarbeiter des MfS, wegen Spionagevorwürfen und angeblichen Fluchtplänen zum Tode verurteilt. Er hatte keine Geheimnisse verraten und auch die Flucht blieb reines Gedankenspiel. Sterben musste er trotzdem. Es war das letzte Todesurteil, das in der DDR vollstreckt wurde.

Die Tradition der Scharfrichter-Familie Lippert-Wernicke reißt nun ab. Zwar erfährt Peter vom MfS, dass er einen Sohn »im Westen« hat. Aber er beschließt, nicht auf den Deal mit der Geheimpolizei einzugehen, der ihm eine Annäherung an seinen Sohn erlaubt hätte. Ganz bewusst nimmt er den Kontakt zu ihm nicht auf und vernichtet auch das Vermächtnis seines eigenen Vaters Fritz, dessen Tagebücher. Die Botschaft soll lauten: Es gibt keine schicksalhafte Bestimmung, das Subjekt ist frei und kann sich entscheiden; der Mensch kann sich auch dazu entscheiden, sein vermeintliches Schicksal nicht zu erfüllen.

Wie seine Hauptfiguren – Peter und Fritz – wusste Rainer Wittkamp, dass Worte sehr wirkmächtig sein können. Über Staatsgrenzen, ja sogar über den Tod hinaus. Deshalb musste Peter diese Wirkmacht auslöschen und die »bösen Bande« zwischen den Generationen zerstören. Rainer Wittkamps Roman präsentiert uns das Gegenstück einer solchen bösen Verbindung: ein über das eigene Ende hinaus wirkendes, zutiefst menschliches Vermächtnis.

Rainer Wittkamp hat die Veröffentlichung seines Romans nicht mehr erlebt. Er verstarb Ende 2020 viel zu früh und überraschend. Eigentlich wollte er noch gemeinsam mit dem Verleger des Pendragon Verlags, Günther Butkus, die endgültige Fassung des Manuskripts erarbeiten. Dies musste nun im Verlag ohne ihn, aber behutsam ganz in seinem Sinn von Günther Butkus und Alexander Häusser vorgenommen werden.

Christian Adam

Dr. Christian Adam arbeitete als Verlagslektor, später in der Forschungsabteilung beim Bundesbeauftragten für die Stasi-Unterlagen. Seit 2015 leitet er den Fachbereich Publikationen am Zentrum für Militärgeschichte und Sozialwissenschaften der Bundeswehr in Potsdam. Zuletzt erschien von ihm *Der Traum vom Jahre Null. Autoren, Bestseller, Leser: Die Neuordnung der Bücherwelt in Ost und West nach 1945* (2016).

Dies ist ein Roman und nur wenige Figuren, die darin vorkommen, haben wirklich gelebt. In Bezug auf Örtlichkeiten hat sich der Autor künstlerische Freiheiten genommen. Die Darstellung der geschichtlichen Aspekte erhebt keinen Anspruch auf wissenschaftliche Objektivität.

Pendragon Verlag
gegründet 1981
www.pendragon.de

Originalausgabe
Veröffentlicht im Pendragon Verlag
Günther Butkus, Bielefeld 2023
© by Pendragon Verlag Bielefeld 2023
Alle Rechte vorbehalten
Lektorat: Günther Butkus, Alexander Häusser
Umschlag und Herstellung: Uta Zeißler, Bielefeld
Umschlagfoto: Mauritius Images / AGF / Hermes Images
Satz: Pendragon Verlag auf Macintosh
Gesetzt aus der Adobe Garamond
ISBN 978-3-86532-759-8
Gedruckt in Polen